獣の妻乞い
KEMONONO TSUMAGOI
擂り潰された魂が涙となって、目から滴る。
「……ま」
飛月に唇を重ねたまま、固く目を閉ざす。そして、か細い声で乞うた。
「神様、助けて」

獣《けもの》の妻《つま》乞《ご》い

沙《さ》野《の》風《ふ》結《ゆ》子《こ》

ILLUSTRATION
実相寺《じっそうじ》　紫子《ゆかりこ》

CONTENTS

獣の妻乞い

獣の妻乞い

プロローグ

背負った紺色のランドセルの背中をペシリと叩《たた》かれる。

「なーなー、尚季《なおき》、格ゲーやりに行っていい？」

水色に塗装された歩道橋。その階段を上っていきながら、由原尚季《ゆいはら》はクラスメートのシゲルに「ダメ」と素っ気なく答えた。

こうして見上げると、歩道橋にもったりと塗られた水色のペンキは、空の色に溶けて見える。ここから飛び降りる人が多いのは、きっとどこから空なのかわからなくなってしまうからなんだと、尚季は思う。

「えー、先週もずっとダメだったじゃんかー」

今度は拳《こぶし》で、ちょっと強くランドセルを突き上げられた。

「来週もきっとダメだし」

「なんだよ。なんでだよー」

階段を上りきって、九〇度くるりと身体《からだ》の向きを変える。国道の向こう側の歩道へと渡された空中通路の端には、今日も花束が置かれていた。先週、ここで人が亡くなった。でもそれは毎年増えつづけている自殺ではなくて、野犬に襲われて転落したからだという。

最近、野犬が人を襲う被害が増えている。

とはいえ、犯罪多発都市・東京《とうきょう》が抱えている問題は膨大だ。年中てんてこまいの警察は、人間以外の犯行の取り締りにまでは手が回らないらしい。

それで野犬対策の自警団が大人たちによって、地区ごとに結成された。

野犬を生け捕りにしたら保健所送りと決まっているにも関《かか》わらず、彼らは自分たちの手で処分してしまうことも多い。夜になると狩りをする男たちの怒鳴り声がよく聞こえてくる。それはどこか野蛮な興奮を孕《はら》んでいるようで、物心ついたころから犬と暮らしてきた尚季は恐ろしくて悲しくてたまらない気持ちになる。

自警団の声が聞こえてくると、飼い犬のクロタをぎゅっと抱き締める。

そうすると、クロタはざらざらした舌で尚季の頬《ほお》を舐《な》めてくれる。母を早くに亡くし、商社勤めの父は出張で家を空けることが多いなか、中型犬の雑種の黒犬だけはいつも一緒にいてくれた――いてくれた。

いまはもう、いない。

二週間前に死んでしまった。

尚季はランドセルの肩ベルトをぎゅっと握って、歩道橋に置かれた手向けの花束の横を無表情に通り過ぎる。

いつの間にか尚季を追い抜かしていたシゲルが、水色の欄干にしがみつくようにしていた。その横顔はなにかを見分けようとしている様子、目を大きくしたり細めたりしている。なにを見ているかの興味も湧《わ》かずに先に行こうとすると、ランドセルの蓋《ふた》をグッと摑《つか》まれた。

「なんか、道のまんなかに落ちてんの」

「ふーん」

「ふーんじゃなくって！　ほら、あれ」

無理やり欄干のほうを向かされて、尚季はしぶしぶ片側三車線の広い道路へと視線を投げ捨てた。

地球に優しいエコカーが推奨されているものの、灰色の排気ガスを吐き出している自動車は多い。エンジンが壊れているのではないかと思うほど煤《すす》っぽい煙を噴きながら、ダンプカーが長々とした背を見せて走り抜けていく。

「どこ？　なんにも見えないよ」

「待てってば。あのダンプカーが行ったら見えるよ。

まんなかの黄色い線のとこだからな——ほら！」

歩道橋からだいぶ離れた場所。確かに、なにかが落ちていた。

「尚季、あれなんだと思う？」

「……」

ゴミみたいに打ち棄《す》てられている、黒いもの。

それが二週間前の出来事をなまなましく甦《よみがえ》らせた。


あの晩は満月で、飼い犬のクロタはそわそわして庭に出たがった。居間の窓からさして広くない庭へとクロタを出してやってから、尚季は二階にある自分の部屋のベッドにもぐり込んだ。

目を覚ましたのは、どのぐらいたってからだったか。

キャウン…ッというクロタの悲鳴が聞こえた気がして、尚季はパッと目を開いた。なにかとても嫌な感じがする。尚季は寝室から飛び出し、階段を駆け下りた。居間の窓をがらりと開け、「クロタ！」と庭へ何度も呼びかける。

しかし、呼べば尻尾《しっぽ》を千切れんばかりに振りまわして走ってくるはずのクロタが、いつまでたっても現れない。心臓がどくりどくりと嫌な感じに波打っていた。尚季は庭用のサンダルを小さな足に引っ掛けた。伸びすぎた芝生を踏んで、月明かりの届かない端のほうまで見てまわる。

どこにもクロタはいなかった。

と、遠くのほうから自警団のものらしい怒声が聞こえてきた。不安に胸を掻《か》き毟《むし》られた尚季は庭から門へと向かった。そして、そこが開いているのに気づく。一メートルほどの高さの門は、クロタでは開けられない造りになっている。

尚季は道路へと飛び出した。父は出張中だから、ひとりでクロタを探し出さなければならない。国道ではなく、住宅街へと入り込んでいくほうの道へと、直感的に走りだす。街路灯の明かりが作る明暗の繰り返しのなかを尚季は全力疾走した。途中でサンダルが片方脱げた。三分ほど走ったところで空き地に行き当たる。

「クロタ!?」

真夜中の空き地には、五つの人影があった。自警団の大人たちではなくて、高校生ぐらいの……手に手にバットを握っている。尚季が駆け寄ると、彼らは舌打ちしながらバラバラと去っていった。

動かなくなった黒い生き物だけを残して。

「ちょ――尚季、待てよぉぉ」

感情に衝《つ》き動かされるままに、尚季は走りだしていた。

後ろから追ってくる足音も声も無視して、歩道橋の通路を渡りきり、階段を転びそうな勢いで駆け下りる。

自分が助けに行くのが遅れたから、クロタを失ってしまったのだ。今度こそ間に合いたい。絶対に間に合わないといけない。

数十メートルを走りきって、尚季はガードレールを乗り越えた。

「な、なお、きっ……なに、して」

運動会のリレーでアンカーをやるシゲルが、ようやっと追いついてきてゼエゼエと息を切らす。

「助ける」

「たすける、って――あの、黒いヤツ？　って、あれ、なんなんだよっ」

「――クロタ」

「へ？」

尚季は邪魔なランドセルを歩道に放り投げると、むわっとした排気ガスが逆巻く路肩に立った。このあたりは歩道橋がかかっているため、横断歩道がない。その分、車は途絶えることなく行き交っている。尚季は手を上げてみたけれども、一台の車も減速らしてくれない。

　車の向こうで、黒いモノが動いたのが見えた。

「動くな！　クロタっ」

　尚季はゾッとして叫んだ。早く、あそこまで行かなければばならない。たまに車間距離を長めに取って走っている車があるから、その合間を縫って進むしかない。大型トラックの風圧を受けて、尚季の薄っぺらい小さな身体は頼りなくよろけた。

「尚季、危ないってば！　やめろって！」

　体育の時間にやった大縄跳びを思い出す。リズムを取る。

「尚季っ!!」

　ファーンッ…と、鼓膜が破れそうな音が背後を通り過ぎた。一車線を渡り、白い線のうえに尚季は立つ。心臓が破裂しそうにドキドキしている。子供が車道に入ってきたのに驚いたらしい。あちらこちらで急ブレーキをかけられたタイヤがアスファルトを擦《こす》る音があがっていく。

　すぐ目の前で車がキキッと停《と》まった。開けられたウィンドウから運転手が怒鳴るのを待たずに、尚季は車の前を回って、黒いモノに駆け寄った。中央の黄色い線に、尚季は白いチノパンの両膝《りょうひざ》をついた。そして黒いモノに触る。温かい。ぴくりとそれが震えた。

　ピスピスと哀しげに鼻を鳴らしながら、黒い仔犬《こいぬ》は尚季の掌《てのひら》に鼻先を埋めてきた。

　仔犬の眸《ひとみ》――不思議な琥珀色《こはくいろ》をしている――が弱々しく見上げてくる。

「だいじょうぶだよ」

　生きている。今度はちゃんと間に合った。

「クロタ。俺《おれ》がちゃんと助けるから」

尚季は着ていた紺色のカーディガンを脱ぐと仔犬をそれに包み込んだ。両手で抱きかかえて、立ち上がる。クラクションを鳴らされたり、車内から怒鳴られたりしたけれども、そんなことはどうでもいい。仔犬を一刻も早く、クロタの掛かりつけだった獣医のところに連れて行かなければならない。

尚季は歩道に戻って、できるだけ仔犬を揺らさないように気をつけながら小走りした。シゲルは尚季のランドセルを抱えて後ろからついてきた。

「脇腹《わきばら》の傷が酷《ひど》いね。内臓も傷めているかもしれない」

診察台のうえの、毛をべっとりと血で濡《ぬ》らした仔犬を手早く診ると、与野正彦《よのまさひこ》は眼鏡をかけた顔に難しい色を滲《にじ》ませた。

尚季は与野の白衣の腕に縋《すが》りついた。

「センセイ、お願いだから助けて…っ、クロタを…お願いだからっ」

茶色い目から涙をだらだらと零《こぼ》しながら懇願する。シゲルも「お願いします」と鼻声で頼んでくれる。

尚季が可愛《かわい》がっていたクロタを酷いかたちで失ったばかりなのを知っている与野は、白皙《はくせき》に硬さのある笑みを浮かべた。

「できる限りのことはしよう」

大人の大きな手で、そっと尚季の頬を拭《ぬぐ》ってくれる。

与野は、こんなこぢんまりした動物クリニックを開いているものの、一昨年までは国立大学の研究室にいたぐらい優秀なのだ。これまでも、クロタが病気のときは真夜中でも診察してくれた。

小学二年で母親を亡くし、ワーカーホリックの父親は出張三昧《ざんまい》ななか、尚季にとってクロタが家族のようなかけがえのない存在だったことを、与野はわかってくれていた。

尚季はそんな与野を、父親や学校の先生よりも信頼している。

——与野先生なら、きっと助けてくれる！

そう信じて、尚季は待合室で手術が終わるのを待った。途中で晩ご飯の時間だからと、シゲルは気にしながらも帰っていった。

尚季の夕食は昼間にくる家政婦が冷蔵庫に作り置きしてくれているものを温めるだけだ。父は三日前から九州《きゅうしゅう》に出張に行っている。尚季の帰りを待つのは、生き物の気配のない冷たい家屋のみ。

この二週間、尚季は死んでしまった飼い犬を想《おも》って、人目がないところでは泣いてばかりいた。クロタと散歩した道を歩けば胸が潰《つぶ》れたようになる。クロタと暮らしてきた家にいると無意識にクロタの姿を捜している。

そして改めてクロタを失ったことを実感する。目が壊れてしまったみたいに、涙はいくらでも出た。


……長い手術ののち、黒い仔犬は一命を取り留めた。

仔犬は尚季が引き取った。あまりよくないことかもしれないと思ったけれど、新しい仔犬にもクロタと名づけた。

仔犬はガリガリで小さかったけれども生後半年ほどらしいから、クロタの生まれ替わりとかはあり得ない。でも、尚季にはどうしてもクロタが帰ってきてくれたようにしか思えなかったのだ。

嘘《うそ》でもいいから、そんな奇蹟《きせき》を信じたかった。

クロタはまるで人間の言葉がわかるみたいに賢かったが、尚季の父親や家政婦などには白くて小さい牙《きば》を剝《む》いてウーウーと唸《うな》った。獣医の与野によると、クロタは少し他《ほか》の犬とは違っていて獰猛《どうもう》なところがあるらしい。

とはいえ、尚季にだけは心を許している様子、クフクフと鼻を鳴らしてよく甘えた。

「もうちょっと元気になったら、一緒に散歩に行こう」

　クロタを同じベッドに寝かせて、尚季は毎晩毎晩、眠りに落ちるまでずっと黒くて少し硬い毛を撫《な》でつづけた。生き物のぬくもり。規則正しい吐息。

　そうしていると、安堵《あんど》と一緒に、死んでしまったほうのクロタのことも思い出されてしまう。

　——俺がもっと早く助けに行ってれば……クロタはっ……。

　ふいに温かくてやわらかなものに頰を下から上へと撫でられて、尚季はつらい思い出から還《かえ》される。

「ク…ゥン」

　黒い仔犬が、また頰を舐めてくれる。

　涙を拭ってくれているのだと気づいて、尚季の胸はぎゅうっと痛くて熱くなった。

「ありがと——」

　仔犬を大切に抱き締める。


　前のクロタを失ったときは神様なんていないと恨んだけれども、こうして新しいクロタが傍《そば》にいてくれる。神様を少しだけ信じなおしてもいいと思った。

　それなのに。

　半月ほど寝起きをともにしたある日、学校から帰ってみると金色の目をした仔犬はいなくなっていた。家政婦に電話をしたが、彼女が帰るときは居間でおとなしく眠っていたという。家の鍵《かぎ》はドアも窓も閉まっていたのに——。

　喉《のど》が嗄《か》れるまで近所を呼んで歩き、保健所に捜しに行き、電柱に迷い犬の貼り紙もして歩いた。獣医の与野も一緒に探してくれたけれども、クロタが帰ってくることはなかった。

　尚季は、またひとりぼっちになってしまった。

　——やっぱり、神様なんて、いないんだ……。

　二度と騙《だま》されないように、尚季は自分のやわらかな子供心にガリガリとその真実を刻みつけた。

1

「どうして？」

自身の茶色いブレザーの裾《すそ》をきゅっと細い指で握り締めて、ショートカットの少女が見つめてくる。顎《あご》が小さくて目の大きな、猫みたいな顔をした子だ。学校指定のプリーツスカートは短くしてあり、そこから伸びる脚は黒いハイソックスに包まれている。

秋を迎えて葉を紅く染めた、高校の正門からまっすぐ続く桜並木。

風が吹くたびに乾いた音をたてて、寿命を迎えた葉が枝から剝《は》がれ落ちてくる。そうして煉瓦《れんが》敷きの地に落ちた葉は、学生靴の硬い底に無邪気に踏み躙《にじ》られ、擂《す》り潰され、粉々に解体していく。春に降り積もる桜の花びらならば、踏むのにちょっとした罪悪感を覚えてもらえることもあるだろう。しかし、枯れ葉にはみんな無頓着《むとんちゃく》だ。花びらも葉の変形なのにどうしてそこに価値の差が生じるのか、尚季は春と秋が訪れるたびにぼんやりと考える。

「由原くん、好きな子がいるの？」

「……うん。実は」

嘘を隠すために、長さのある睫《まつげ》を重たく伏せる。

「だから、気持ちは嬉《うれ》しいけど付き合うのは無理なんだ」

「――」

少女は傷ついた顔はしなかった。けれども口許《くちもと》がひくりと動き、眉《まゆ》がきゅっと上がる。目の縁が赤くなっていく。

「わかった。呼び止めて、ごめんね」

無理やりの笑顔。短い裾を翻してくるりと身体を返すと、少女は綺麗《きれい》な脚で走り去っていった。

尚季はひとつ溜《た》め息《いき》をついて、その後ろ姿から視線を外した。シゲルに声をかける。

「待たせて、ごめん」

「ごめん、じゃねーよ。もったいねー」

さっぱりとした愛嬌《あいきょう》のある顔全体で、シゲルは不満を表明している。

シゲルとは小学校の入学式の日からの腐れ縁だ。友達になったきっかけは馬が合ったから……ではなく、尚季の苗字《みょうじ》が由原で、シゲルの苗字が矢本《やもと》で、出席番号が前後だったからだ。家も近かったため、小学校の低学年までは頻繁に互いの家を行き来していた。初代クロタの件があって尚季が暴力関係に拒絶反応が出るようになる前は、よく一緒に格闘ゲームをしたものだ。

「いまの、陸上部の朝野《あさの》ちゃんだろ。高跳びでインターハイまで行った我が校のアイドルをフるなんて、ありえねーんだけど。どんだけ高望みなわけ」

「別に高望みなんてしてないよ」

「してんだろ。マジ告白させといて、あんな嘘で断ってよー」

尚季はシゲルを追い抜かしながら呟《つぶや》く。

「マジ告白、だからさ」

「マジじゃ不満て、なんなら満足いくんだよっ」

「本気じゃないなら付き合ってもいいかな」

「はぁ？　なに、それ」

「本気は嫌なんだ」

「うわっ。ちょっと綺麗な顔してるからってなぁ。あー、俺、絶対におまえより先に童貞卒業してやる‼」

大声の宣言に、擦れ違った大学生らしき女の人たちがくすくすと笑う。シゲルは猿みたいに顔の横に突き出た耳を真っ赤にして、尚季の背中を後ろからどついた。

ときどき、さっきみたいに女の子から告白されることがある。

尚季は、百六十八センチと長身でもなければ、目立つほど勉強ができるわけでもスポーツができるわけでもない。すべて、上の下から中の中といったところだ。顔立ちにしても、整っているほうかもしれないが、誰《だれ》もが認める華やかな美形というわけではない。

それなのにこんなふうに注目度の高い女子から告白されたりするのは、シゲルに言わせると、無性に構いたくなるフェロモンのようなものを漂わせているかららしい。「俺も、そーゆー『愁い』のある色気顔だったらモテてたのかなー」と、シゲルは口を尖《とが》らせる。

フェロモンだろうが愁い顔だろうが、基本的に放《ほう》っておいてほしい尚季にしてみれば余計なものなのだけれども。

シゲルは小学生のころからの腐れ縁だからともかく、尚季は特別に親しい友達や恋人といった、深い関わりになりそうな人間関係を避けてきた。

——所詮《しょせん》、人間なんてひとりなんだ。繋《つな》がりを望むほど、大事にするほど、失ったときに傷つく。

そうわかっているから、先手を打って自衛する。

……それでも、今日みたいな秋晴れの日には昔の嫌な思い出が甦ってきて、心に不安な漣《さざなみ》をたてる。

二匹目の小さいクロタが消えた日も、世界はこんなふうに青いガラス玉に閉じ込められているみたいだった。綺麗なのに哀《かな》しいその色は、尚季の心に——魂にまでも染みついてしまっていた。

通学のバスが国道の路肩に寄る。自宅近くの停留所で、尚季はシゲルとタラップを降りた。そこからは方向が別だから、ひとりになる。尚季はなんとはなしに空を見上げた。

ここの上空は飛行機の通り道になっている。空には雲の白い線が一本まっすぐに引かれていて、それが青いガラスに刻まれた割れ目のようにも見えた。

空から地へと視線を戻しかけた尚季はしかし、目を中空で留めた。

「……え？」

大きく瞬きする。

中空に人が座っているのだ。ぽかんとした空のまんなかに、男が。

見つめているうちに、空に溶けかかっている橋が識別されていく。国道にかかる水色の歩道橋。

男は空中ではなくて、橋の欄干に腰掛けていたのだ。しかも、ジーンズに包まれた長い脚を外側にだらりと垂らしている。尚季の背筋はざぁっと冷えた。

ここは昔から飛び降り自殺が多い。

尚季は家への路地を曲がらずに歩道橋へと走った。一段抜かしで階段を上っていく。

男が腰掛けている空中通路のまんなかへんまで進んで、尚季は欄干をギュッと握り締めた。

「あ、危ないから、そこ」

声をかけると、住宅街のほうを見やっていた男――二十代なかばぐらいだろうか――は黒いハイネックのジップアップセーターの襟ぐりに顎を埋めたまま、漆黒の眸をうるさそうに尚季へと向けてきた。威圧的な鋭い目つきだ。起伏のしっかりした顔立ちには獰猛な険があり……どちらかといえば、自殺より他殺をしそうなタイプだった。

咄嗟《とっさ》に自殺志願者だと思い込んで飛んできてしまったが、間違ったのかもしれない。

尚季は掌にじっとりと嫌な汗をかく。二、三カ月前から、この界隈《かいわい》で中高生を狙った通り魔事件が立てつづけに起こっているのが思い出されていた。

「いえ…、そういうんじゃないなら、いいんですけど」

もごもごと言って踵《きびす》を返そうとすると、男は尚季の顔を凝視したまま小首を傾《かし》げた。目や首筋にかかる長さの黒髪が、風に吹き乱される。浅く二重の入った目が眇《すが》められた。

「なおき？」

「――――」

見知らぬ人間の口から発せられたものが「尚季」という自分の名前と、すぐにはイコールにならない。馬鹿《ばか》みたいに、男にしては大きいと評される目で瞬きを繰り返す。

「尚季だ。そうだろ？」

青年は危なげなく欄干から歩道橋の通路へと、ひらりと降り立った。背がとても高い。尚季より二十センチ近く高そうだ。

どこで、いつ会ったのか。尚季は懸命に記憶を手繰る。これだけ印象の強い男なら一度会えば忘れるわけがない――のだけれども、どうしても思い出せない。

困惑する尚季のすぐ目の前に立つと、青年は腰を曲げた。顔が近づいてくる。びっくりしてあと退《ずさ》ると、二の腕を大きな手に摑まれた。

「なん、ですかっ」

抗《あらが》いを無視して、青年は尚季の首筋へと顔を伏せてきた。高い鼻先がこつんと耳の下の肌に当たる。

くんくんと匂《にお》いを嗅《か》がれて、尚季は動転し、同時に恥ずかしいような気持ちになった。なんだか秘密の方法で情報を読み取られているみたいだ。大きく腕を振るって男の手から逃れる。

「あんた、なんなんだよ…っ」

「間違いない。やっぱり尚季だ。由原尚季」

「……」

「あそこに住んでるんだろ？」

青年は右方向の眼下に広がる住宅街の一角を指差した。確かにそこには、青い屋根を被《かぶ》った尚季の家がある。

いま、尚季はそこにひとりで暮らしている。

唯一の肉親である父親が、三カ月前に単身赴任でドイツに発《た》ったからだ。昨晩かかってきた国際電話を思い出す。

互いに軽く近況報告をしたあと、

『ひとりで心細くないか？　大丈夫か？』

と父が訊いてきた。

「全然、平気だって」

咄嗟に、いつものように嘘をついた。

どうせ父は忙しくて自分の傍にいられないのだから、本当のことを伝えても意味はない。心配をかけてはいけない。甘えてはいけない。

『そうか…今年中に一度帰国したいと思っているんだが、もしかすると難しいかもしれない』

「いいよ、無理しないで」

『おまえはしっかりしてるから、父さんも安心して仕事に打ち込めるよ』

任期は最低三年。

一応、なにかあったときは千葉《ちば》にいる父方の親戚《しんせき》を頼るように言われているが、これまでもほとんど交流がなかったから、よほどのことがなければ顔を合わせることもないだろう。

空虚な家を見下ろして、尚季は小さく溜め息をつく。独りには慣れているはずなのに、それでも心の綻《ほころ》びから空気が抜けて萎《しぼ》むような感覚に、ときおり襲われるのだ。それが真夜中だったりすると最悪で、脱力と自棄《じき》に苛《さいな》まれたまま、眠れずに朝を迎えることもある。

改めて思い返してみると、父が単身赴任してからその頻度が高くなっているようだった。

「どうした、尚季？」

男が腰をかがめて覗《のぞ》き込んでくるのに、我に返る。

感傷的になっている場合ではない。

この見知らぬ怪しげな男に、名前も家も摑まれているのだ。

人を見たら犯罪者と思え、というご時世だ。あまりに凶悪犯罪が多すぎて、国営の刑務所も、国から委託された私営の刑務所も受刑者を収容しきれず、終《つい》には刑期を大幅に短縮して受刑者を放出する始末。そういった前歴者たちは、すぐにまた犯罪に手を染める。しかも凶悪犯罪者までもところてん式に塀の外に押し出されるから、強盗殺人や婦女暴行事件は毎年かなりの件数に上っている。

そして、この攻撃的な面差しをした馴《な》れ馴《な》れしい青年からはなにか尋常でない——常識的でないものを感じる。跋扈《ばっこ》している凶悪犯罪者のうちのひとりだと言われたら、納得してしまいそうだ。

警戒に視線を尖らせるとしかし、

「逢《あ》いたかった」

青年は尚季がたじろぐほどまっすぐな声と眼差《まなざ》しでもって、そう告げてきた。

厚みのある唇の端が上がると、人を拒絶するような獰猛さが薄れて、意外に人懐っこい雰囲気が漂う。

……ふいに、懐かしいような気持ちが込み上げてきた。

以前にも、こんなふうに彼に見つめられたことがあったような気がしたのだ。尚季はその突飛な感覚を、慌てて理性で抑え込む。

——俺はこの人なんて知らない。きっと詐欺師の暗示みたいなものだ。騙されるな。

嬉しげに黒い双眸《そうぼう》を煌《きら》めかせていた青年がちょっと表情を曇らせた。

じっと覗き込んできたまま言う。

「ヘンな目ぇ、してるぞ」

「……はい？」

「ガラス玉みたいなヘンな目してる。俺、尚季の茶色くてピカピカした目が、綺麗で大好きだったんだけどな」

心底、残念そうな顔を青年がする。

さっぱりわけがわからないが、初対面のはずの相手にヘンだと言われ、マイナスをつけられて、さすがにムッとする。

「あんた、誰だよ。なにしてる人？　名前は？　なんで俺のこと知ってんの」

刺々《とげとげ》しい声で立てつづけに訊《たず》ねると、青年の視線はいかにも「これから嘘をつきます」というように宙を泳いだ。

「え――――俺は、その、ブリーダーみたいな」

「……ブリーダーって、犬とか猫の？」

「そうだ。犬の」

言われてみれば、青年からは犬の匂いがするようだった。

尚季は小学生のころに犬を飼っていたことがある。もしかすると、犬特有の匂いがしたから、さっき懐かしい気持ちになりかけたのだろうか。

「犬の繋がりで、会ったことがあるとか？」

訝《いぶか》しみながらも水を向けてみると、青年は頷いた。

「ああ。尚季が小学生のころな。クロタって犬、飼ってただろ？」

「クロタ…」

クロタは昔飼っていた犬たちの名前だ。それを知っているということは、犬に関わる仕事をしているというのはあながち嘘ではないのかもしれない。

「でも俺、あんたのこと覚えてない」

「そのうち思い出すんじゃねえの」

「……」

「なぁ、それよりさ。あれから新しい犬、飼ったのか？」

訊ねられて、尚季は首を横に振った。

犬は自分より先に死んでしまう。自分を置いて消えてしまう。

それになにより、大事に大事にしているものを突然失ってしまうあの激痛に、もう二度と耐えられないと思うから。もし飼い犬を老衰なり病気なりで失ったのなら、こんなふうに八年も引きずることはなかったのかもしれない。けれど、一代目クロタは人の悪意によって命を奪われ、二代目クロタは忽然《こつぜん》と姿を消してしまった。

不条理な喪失は、幼い尚季の心を雁字搦《がんじがら》めにして、固まらせてしまった。

——いらない。

大事なものなんて、いらない。

「そっか。新しい犬はいないのか」

青年はなぜか嬉しそうな顔をして軽く頭を掻いた。粗暴な印象が和らぐ。

十歳ぐらい年上のように見えるのに、不思議と同世代めいた気安さを覚える。

信用はできないけれども、少しだけ警戒を解いて尚季は訊ねた。

「あんたの名前は？」

「カノウヒヅキ」

「どんな字？」

「狩りに野でカノウ。ヒヅキは飛ぶ月って書く」

少なくとも名前は本物らしい。するりと答えが返ってきた。

「狩野飛月《かのうひづき》…飛月」

尚季は口のなかで呟いてから青年を見上げ、さっきのお返しをしてやる。

「ヘンな名前」


狩野飛月という青年は、歩道橋で会った日を境に、尚季の周りに頻繁に出没するようになった。

朝夕の通学のバスに乗り込んでくるのは当たり前、シゲルと一緒にいても、「おはよう」「おかえり」と声をかけてくる。「今日は学校、楽しかったか？」「今夜はなに食べるんだ？」「顔色悪いけど、具合でも悪いのか？」「怖い夢、見てないか？」などと満員バスのなかで話しかけられる。

昔、会ったことがあるらしいとはいえ、やはり凶暴そうな印象だし、そもそも自分につきまとう意味がわからない。なにか用でもあるのかと訊ねたら「一緒にいたいだけだから気にするな」という答えが返ってきた。

同じバスに乗り合わせたクラスメートの女子からは「今朝の人、誰？」「紹介して」「合コンしょっ」「あの人、モデルかなんかやってるの？」と教室で囲まれる。飛月は確かに同性の尚季から見ても圧倒的に男前だが、異性から見るとまた、危ない男特有の色香を垂れ流しているらしい。

とはいえ、どんなに周りの評価が高くても、ストーカーはストーカーだ。

もう十日もつきまとわれている。なんとか対処しなければと思うのだが、男同士だし、危害を加えてくるようなことはないから、警察に相談したところで手を打ってくれるとは思えない。なんといっても近隣の警察は総出で、連続通り魔事件の犯人を挙げようと奔走している最中だ。

今日も飛月は、尚季が近くのスーパーマーケットへ買い出しに行くのについてきた。

日曜日の店は家族連れが多い。その合間を縫うようにしてレトルト食品やトイレットペーパー、三キロの米を買っての帰り道、ひたひたと後ろを尾《つ》けられた。

よく知らない人間に休日までつけまわされて平気なはずがない。

飛月がふいに横に並んできて、「持ってやる」と米の入った買い物袋を尚季の手から取り上げようとしたところで、堪《こら》えていた感情が爆発した。

「いいってば！」

袋を死守すると、尚季は走り出した。

「尚季⁉」

後ろで飛月も走り出したらしい。

——なんなんだよっ！

いつもは曲がらない角を曲がって、必死に走る。むかつくことに、飛月はきっと全力を出せば軽く尚季に追いつけるだろうに、そうはしなかった。

等間隔を保ってついてくる。

体力自慢でもない尚季は、すぐに息が上がりだす。脚が重くなったころ、右手に駐車場が拡《ひろ》がった。

「あ…」

尚季は石に躓《つまず》いたみたいに立ち止まる。

いつもは通らないようにしているのに、飛月から逃げたい一心で、うっかり忌まわしい場所へときてしまった。

アスファルトに地面を固められた、疎《まば》らに車が停まっている月極《つきぎめ》駐車場に、夜の空き地が二重写しに見える。バットを持った五人の高校生ぐらいの少年たち。そして、壊されてしまった自分の大切な、大切な家族。


もしいま時計をあの時に巻き戻すことができるなら、馬鹿みたいに「クロタを生き返らせて」などと、いもしない神様に泣いて縋ったりしない。

暴力は大っ嫌いだけれども、あの高校生のバットを取り上げて、クロタが味わった苦しみを彼らに与えてやりたい。一発でも二発でも、報いを受けさせてやる。その後に逆襲されようと、犬のために人間を傷つけることを他人に咎《とが》められようと、絶対にそうする。

クロタの命を奪った人間たちが大手を振っていまも普通に生活しているのかと思うと、口惜しくて目に涙が滲む。

「尚季？」

だらりと下がった左右の手に、六ロール入りトイレットペーパーの入った袋や米の入った袋を提げて立ちすくんでいると、飛月がそっと近づいてきた。顔を覗き込まれる。

「どうした？　どっか痛いのか？」

心配そうな眼差し。

なんだかちょっとクロタに似ている。

——……買い物にも、よく一緒に行ったっけ。

スーパーの入り口の電柱にクロタのリードを括《くく》りつけて買い物をすませ、一緒に帰った。怪しい大人がいると、クロタは唸って牽制《けんせい》してくれたものだ。クロタといれば、いつだって安心できた。

目の奥がぐっと熱くなる。

ふいに左手が軽くなった。米の入った袋は、飛月の手へと移っていた。

「尚季、行こう」

動けない尚季を促すように、飛月が先に歩きだす。と、なんだか見えない紐《ひも》で引っ張られてるみたいに、尚季の脚は自然と動いた。一歩、二歩、三歩。忌まわしい思い出の磁場から解放されていく。

飛月は、ときどき黒い眸で尚季のことを振り返る。夕陽《ゆうひ》の茜色《あかねいろ》に染まる男の顔はちっとも甘い作りではないのに、やたら甘やかに目を細める。

その様子が、散歩用のリードに繋がれて自分の前を歩くクロタの姿に重なった。楽しげに四本のしっかりした足を前に運びながら、クロタはこんなふうに嬉しげに尚季を振り返ったものだ。

尚季は俯《うつむ》くと、飛月に訊ねた。

「どうして、俺につきまとうんだよ」

飛月がさらりと返してくる。

「だから、一緒にいたいからだって言ってんだろ」

……馬鹿みたいだ。

可愛い女の子の告白より、こんなストーカー男の言葉のほうが心に響くなんて、どう考えてもおかしい。

尚季はそれからはもう無言のまま、黙々と歩きつづけた。飛月に先導され、気がついたときには自宅の門の前に着いていた。これから夕闇《ゆうやみ》に呑《の》まれようとしている家は、さして大きくもないはずなのに、妙に視界に重く圧《の》し掛《か》かってくる。

父の不在には慣れているつもりだったけれども、こうして何カ月もひとりきりで過ごすと、やはりまた違う種類の空虚さが嵩《かさ》んでいくらしい。

門の前でぼうっとしていると、ふいに右腕に圧迫感が起こった。見れば、飛月が身体をひたりと寄せてきていた。彼の強い線で描かれた横顔は、尚季の家に向けられている。

その顔は通りすがりの人間に懐いて、あとをついてきてしまった犬みたいに、心許《こころもと》なさと渇望を湛《たた》えていた。

家に入って一緒にいたがっているのが、ひしひしと伝わってくる。

――でも、飛月はなんで俺と一緒にいたいんだろう？

さっきは「一緒にいたいから」という言葉の心地よさに惑わされてしまったけれども、よくよく考えてみれば、「どうして一緒にいたいのか」という肝心なところが抜けていた。これだけ年が離れているのだから、友達になりたい、とかいうのも奇妙な気がする。尚季が小学生のころに出会っていると飛月は言っていたが、そこのところも詳しく教えてもらわないと気を許すわけにはいかない。

質問しようと口を開きかけたのと同時に、飛月が見下ろしてきた。近い距離で視線がぶつかる。飛月の目は犬みたいに黒目がちで、濁りがない。

じっと見入っていると、飛月が深く俯いた。首筋の匂いを嗅がれて、心臓がとくんと跳ねる。頬がむず痒《がゆ》い熱を孕み……。

「尚季は、いくらだ？」

首筋に吹きかけられた質問の意味を摑めず、尚季はぼんやりと瞬きをした。

熱の籠《こ》もった目で、飛月が間近に覗き込んでくる。

「高校生はエンコーやってて、金の分だけ、払ったヤツのものになってくれるんだろ？　セックスもやらせてくれるんだよな？」

「……」

「尚季が欲しい」

背筋がざわりとするような声音と表情、飛月が唇を重ねようとしてくる。

「…冗、談っ」

尚季は咄嗟に顔をそむけた。

「冗談なんか言ってねぇよ。すげぇしたい」

顔が熱いのか冷たいのか、わからない。こんな男のことをちょっとでも気にかけた自分を殴りたくなった。

その殴りたい気持ちを、直接、飛月の逞《たく》しい肩口へと拳でぶつけた。かなりの力で殴ったのに、男はよろめきもしない。絶対的な力の差が実感されて、急に怖くなった。

飛月が本気でどうにかしようと思ったら、自分を犯すことなど容易《たやす》いだろう。

危機感に衝き動かされて、尚季は門を慌ただしく開けた。ついてこようとする飛月の前で、胸の高さの門をガシャンと閉める。

「金なら持ってる。尚季が俺のものになってくれるなら、いくらでも払う」

尚季は怒りに震える手で玄関ドアの鍵を開けながら、どこまでも人を愚弄《ぐろう》する男を睨《にら》みつけた。

「俺は援交なんてしないっ。だいたい、ホモの相手なんて絶対に嫌だ！」

「尚季…」

「二度と俺に近寄るなっ」

家に飛び込んで、バンッとドアを閉める。鍵を閉め、チェーン錠も嵌《は》める。

こめかみが痛むほど頭に血が上っている。尚季は買った物を廊下に投げ置くと、家中のカーテンを閉めて歩いた。これまでも強盗に怯《おび》えたことはあったが、男だから、覗きだとか強姦《ごうかん》だとかを危惧《きぐ》したことはなかった。けれど今日からは、そういう心配もしなければならないのだ。心細さと腹立たしさがぐちゃ混ぜになる。

金でセックスをするような人間だと思われたことも、金で人を買おうとするような最低の男にクロタを重ねてしまったことも、少し心を動かしかけたことも、ひどく口惜しい。

尚季は二階の自分の部屋に鍵をかけて閉じ籠もると、ベッドのうえで立てた両膝を抱えた。それからしばらく、ときおりインターホンが鳴らされたが、無視を決め込んだ。

ストーカー男が家への侵入を試みたりしないか耳を澄ましていなければならないから、落ち着くために音楽を聴くことも、テレビで気晴らしをすることもできない。枕元《まくらもと》の棚に置いてあるコミック雑誌を開いてみたが、気がつけば画面の余白をじっと睨んでいた。

そうして一時間がたち、二時間がたつ。特に不審な物音はなかった。

——帰ったのかな?

尚季はベッドのうえを這《は》った。ベッドの左サイドは壁にくっつけて置いてあり、その壁には窓がある。青いカーテンの端を摑み、ほんの少しだけめくる。この窓からは家の前の道路を見下ろすことができるのだ。

ガラス一枚を隔てた向こう側、世界は夜闇《よやみ》になかば没していた。街路灯や家々の窓から漏れる光がそれぞれに分断された領域を照らしている。人影は見えない。ほっと溜め息をつきかけた尚季は、ビクッと身を竦《すく》めた。向かいの家の塀の足元を蝕《むしば》む闇《やみ》のなかで、なにかが蠢《うごめ》いたのだ。

闇の塊から、立ち上がった人間のかたちが分離する。

飛月だ。彼は道路に蹲《うずくま》って、この家を見張っていたのだ。

ほんのわずかしかカーテンを開いていないのに、飛月はまるで尚季の姿が見えているように、まっすぐこちらを見上げてきた。きっと視線は重なっている。心臓の鼓動が速く大きくなる。

……と、ふいに飛月が両手を挙げた。

そして、困ったような顔をする。

「あ」

尚季は思わず、緊迫感とは裏腹のマヌケな声を漏らした。

男の手には米の入った買い物袋が掲げられていた。

＊　＊　＊

雨の線が、街路灯の光の領域を煌きながら通り過ぎて、黒いアスファルトにぶつかって砕け散る。その刹那《せつな》のみちゆきを、飛月の目は暗闇《くらやみ》のなかでも確実に辿《たど》ることができた。

そう強い雨脚ではないが、もう長い時間こうしているから、髪から靴までびしょ濡れだった。米の入った買い物袋は濡れないように、しゃがみ込む姿勢で腹に抱いている。

……尚季を怒らせてしまった。

ずっと会いたくて、尚季に再会することだけを頼りにここまで辿り着いたのに。

許してもらえなかったら——そう考えるだけで、心臓が不安に轟《とどろ》く。

でも、まったく希望がないわけではない。怒って家に閉じ籠もってしまってから五時間ほどがたっているが、これまでに三回、尚季は二階の窓から飛月の様子を見てくれた。

思い出す。尚季のきちんと整頓《せいとん》された部屋。清潔で温かな褥《しとね》。自分を撫でてくれる、優しい手。綺麗な茶色の眸で、眠りに落ちるまで見つめていてくれる。でも、尚季は寝ていても起きていても、よく涙を零した。尚季の涙を舐めてあげるために、傍にいたかった。離れたくなかった。

本当は、この八年間もずっと一緒にいたかった。もし自分が傍にいたら、あんな諦《あきら》めに曇った眸で過ごさせたりはしなかったのに。

「尚季、尚季」

口のなかで、飴玉《あめだま》を転がすみたいに大切な音を味わう。

頭上でほのかな光の揺らぎが起こるのに、飛月は慌てて顔を上げた。雨粒がポツポツと皮膚を打つ。

四回目。

カーテンの端から、尚季が自分を見てくれる。

まるで困惑しているように、今度は一分ほども見てくれた。迷う手つきで、ふたたびカーテンが閉ざされる。飛月は溜め息をついて深く俯いた。


近くの国道を、雨を轢《ひ》きながら走っていく無数のタイヤの音ばかりが耳につく。

車は苦手だ。轢かれて大怪我《おおけが》を負ったことがあるから。

と、カーゴパンツの尻《しり》ポケットで携帯電話が震えだした。嫌々の手つき、それを取り出す。

「なんだよ、月貴《つきたか》」

『急ぎの仕事が入ったんだ。すぐにきてほしい』

上等な外見に相応《ふさわ》しい品のいい声音に告げられて、飛月は不機嫌に眉を歪《ゆが》める。

「ノらねぇ」

『アルファだからって、なんでも好きにしてていいわけじゃない。トップとしての自覚を持ってもらわないとね』

月貴は、幼馴染《おさなじ》みで同業者だ。

現在、仕事集団のトップである〈アルファ〉の座は飛月のものだが、実力でいえば、本来なら月貴がアルファになっているのが順当だろう。彼がなまじ恵まれた資質ゆえにガツガツと仕事をせずに第二位である〈ベータ〉の座に甘んじているのか、それともあえてアルファの座を飛月に譲ってくれているかは謎《なぞ》だった。

仕事ばかりをしてきた飛月と違って、月貴はいろんな世俗のことに詳しい。それを教えてくれることもあって、飛月は月貴の言葉には一応耳を貸すようにしている。

『今回のターゲットは厄介だから、下には任せられないんだよ。頼む』

「……仕方ねぇなぁ」

しぶしぶ承知する。落ち合う場所を聞いて電話を切ると、飛月は立ち上がった。

右脇腹がぐずりと痛むのに軽く舌打ちする。雨が降ると、古傷が痛むのだ。

眉を寄せて痛みを振り払い、抱えていた米の入ったレジ袋の口を雨が入らないようにギュッと縛る。本当は雨のかからない玄関の軒下に置くのがいいのだろうが、下手に物音をたてたら、また尚季の警戒を強くさせてしまうに違いない。袋をそっと門の内側へと落とす。

二階の窓を名残惜しく見上げてから、飛月は闇へと走りだした。

＊＊＊

「うわ、おかしいとは思ってたけど、マジモンのストーカーだったのかよ」

ファミレスのドリンクバー。毒々しい緑色のメロンソーダを機械からグラスに注ぎながら、シゲルがけったいな顔をする。

「俺があのルックスなら、もうバンバン女を引っ掛けまくるのになぁ。ああ、もったいねー」

「……俺の心配より、そっちなわけ」

「えっ、心配はしてるって。当たり前だろー」

それぞれにグラスを手にしてテーブルに戻る。

「まぁ、さ。親父《おやじ》さん海外だし、ひとりでヤバそうだったら、しばらくうちに泊まりにきてもいいいじゃん」

「ありがと」

軽く笑んで返すと、

「ありがとーとか言って、くる気ゼロだろ」

と、見抜かれた。シゲルが愛嬌のある顔に、珍しく真面目《まじめ》な表情を浮かべる。

「尚季って、ホントに人を頼んないよな。やんわり壁を作ってるってゆーか。そういうのも、どうかと思うぜ」

「……」

「幼馴染みなんだからさ。マジで困ってるときぐらい力にならせろよ。そのストーカーも問題だけど、最近うちの近所で起きてる連続通り魔だってまだ捕まってないんだしよ」

「そういえば、昨日の晩もまた通り魔が出たって？　襲われた女子高生、意識不明の重態だって今朝のニュースでやってた」

同一犯人によるものと思われる通り魔事件は、この三カ月で十二件に上る。そのうち死亡者は二名。

被害者はいずれも制服姿の中高生だ。内訳は、中学生が七人、高校生が五人。女子が八人、男子が四人。男子の被害者に大柄で力のありそうなタイプはおらず、犯人は背の高い男だという。目出し帽を被っているため、犯人の顔を見た者はいないらしい。

犯行方法は、背後から忍び寄って無防備な背にアーミーナイフを突き立てるというもので、パニック状態になって逃げ惑う被害者の様子を愉《たの》しみながら、鋭利な刃を未成熟なやわらかさを残す肉体に何度も通していく。

歪んだ快楽を得るための行為で、同系統の犯罪の前科持ちの可能性も考えられるという話だ。

先進国の全体的な流れから、死刑が廃止されて十七年。

なにをやっても何人殺害しても死刑にはならない。しかも刑務所は常に飽和状態だから、凶悪犯罪者でも刑期を大幅に短縮されて出所することになる。そんな状態では更生プログラムも意味をなさない。

貧富の格差という社会問題ともあいまって凶悪犯罪を繰り返す者が激増した現在、かつて死刑廃止を唱えていた人権擁護派の弁護士や代議士たちも、死刑に抑止力があったことを認めざるを得ないありさまだった。

死刑が必要悪なのかどうかなど、尚季にはわからない。

ただ、同程度の報いは受けて然《しか》るべきだと思う。

……暴力を嫌悪しながらも、しかし夢のなかで何度、バットを握って初代クロタの仇《かたき》を取ったことか。暗闇とショックのせいで高校生たちの顔はまったく覚えていなかったから、のっぺらぼうの人間の頭へとバットを振るう。クロタがされたとおりに。

ここのところ被害者遺族がみずからの手で、のこのこと出所してきた犯人に制裁を加える事件が立てつづけに起こっているが、尚季はそれを非難する気にはなれなかった。

シゲルとファミレスでひとしきり喋《しゃべ》ってから家に向かう途中、国道横の歩道で、獣医の与野と鉢合わせた。白衣は着ておらず、ノータイの白いワイシャツとグレイのスラックスという姿だ。四十手前だが、痩身《そうしん》と姿勢の良さ、すっきりした面立ちのせいか、昔もいまも、あまり印象が変わらない。

小学校のころ、いつも飼い犬を診てもらっていて、与野のことを頼りにしていた。犬を飼わなくなってからも、与野は道で顔を合わせるたびに尚季を呼び止め、気にかけてくれた。

気にはかけてはくれるが、土足で踏み込んでくることのないドライさのお陰で、尚季も与野に対してはほどよい距離を保つことができていた。

今日も与野は「ちょっと痩《や》せたんじゃないのかい」と、やんわりと指摘してきた。件《くだん》のストーカーのことを話すと、「なにかあったら、いつでも相談に乗るよ。真夜中でも遠慮しなくていいからね」と言ってくれた。

人と微妙な距離感を取りたがる自分なのに、シゲルや与野のように気にかけてくれる人がいる。きっとうまく頼れないだろうが、それでもやはりありがたく、心強く感じられた。

家に着いた尚季は、家中のカーテンを閉めて歩いた。そうしながら飛月のことを考える。

今日は朝から一度も姿を見ていない。丸々十日もつきまとわれていたから、それはそれで妙な感じだった。

――もしかして、風邪ひいたのかな……

昨日、夜になってから雨が降った。米袋など置いて去ればいいのに、飛月は何時間も雨のなか、道路の脇《わき》に蹲っていた。

突然、援助交際などを持ちかけられて身の危険を感じはしたものの、次第に無視している自分のほうが悪人のような気がしてきて。飛月の大きな身体が、なんだか萎《しお》れて小さく見えた。

四回目に窓から外を窺《うかが》ってから三十分ほどたったころ、尚季は自室を出て一階に下りた。玄関の傘立てからビニール傘を引き抜いた。

飛月のことを許したわけではない。ただ、いつまでもしつこく雨のなかで待たれては気分が悪いから、米袋を回収し、お情けに傘を渡して立ち去らせようと思ったのだ。

緊張する手でドアノブを摑み、玄関を開けた。門のところまで行って、家の前の道路を見まわす。

男の姿はどこにもなかった。……と、足元でガサッと音がした。見下ろせば、スーパーのレジ袋が置いてある。きつく口の部分を縛られたそれを持ち上げると、三キロの米の重みがずしりと手にかかってきた。

尚季は改めて、人けのない道路を見つめた。

秋の雨は、思ったよりずっと冷たかった。

飛月が現れないまま一週間が過ぎた。

ストーカーが消えたのだから素直に喜ぶべきなのだが、反面、あそこまでしつこくしたくせに、援交を断ったからといってぱったり現れなくなるなど、本当にどれだけ人を馬鹿にしているんだと腹が立つ。

帰宅と同時に家中のカーテンをいちいち閉めきるのも自意識過剰みたいで、馬鹿らしくなってやめた。それなのに、二階の自分の部屋にいると、つい窓の外を見てしまう。飛月が蹲っていたあたりに広がる闇を見極めようと目を細める。そんな自分に気づいて、嫌な気持ちになる。

完全に振りまわされていた。

人と親しくなりすぎないように距離を取ることを心がけてきた尚季にとって、こんなふうに誰かのことがずっと意識の端に引っ掛かっているのは、とても対処に困る感覚だった。落ち着かなくて、勉強にもテレビにも漫画にも集中できない。

シゲルに指摘された、尚季が周りに対してやんわりと張り巡らせている壁。

誰だって拒絶されて傷つきたくないから、その壁にぶつかったら遠ざかるか、距離を置くかする。

けれど、飛月は何度無視しても話しかけてきた。

迷惑だと冷たい眼差しを投げても、ついてきた。雨のなかで何時間も待ちつづけ。

嫌な気持ちばかりではなかった。

むしろ、あの一方的な力技でもって、飛月が壁の内側に入ってきてくれることを期待しはじめていたのではないか。そう思うと、余計に惨めで、腹が立った。

――あいつはヤりたいだけだったのに。

これではまるで、自分のほうがより深い関係を望んでいたみたいだ。

たかが十日の関わりで、よく知らない相手に精神的な繫がりを期待するなど、心が不安定すぎる。愚かすぎる。

こんなのは自分ではない。自分は、ひとりでしっかりできるはずだ。

尚季はカーテンをぴたりと閉ざし、無駄な期待を殺した。

2

バスはもう十五分ほど、ほとんど進んでいない。アナウンスによると、この先で玉突き衝突の事故があって、道路が渋滞しているのだという。

次のバス停で尚季は降車した。ここからなら家まで徒歩で三十分ぐらいのものだろう。今日は放課後に図書委員の会合があり、ひとりの遅い帰り道だった。夕闇が落ちるなか、街路灯の光が際立っていく。

大通りから外れ、だだっ広い自然公園を分断して通っている道路へと入る。

視界を遮る高木が林立する公園は、あまり治安がよろしくない。一瞬悩んだが、車も走っているから大丈夫だろうと判断した。

この道を通るのが、家への最短コースなのだ。公園を迂回《うかい》するとなれば五百メートル近く遠回りする羽目になる。

尚季はガードレールで車道と仕切られている歩道を足早に進んだ。公園の雰囲気に合わせて敷かれた石畳を、革靴の底で強く踏み締めていく。

しかし五分ほどたったころには、軽く後悔しはじめていた。

まだ七時前なのに人影がまったくないのだ。確かに自動車は走っているが、かなりのスピードを出している。もしここで尚季が暴漢に襲われても、車内からでは気づかないのではないか。

連続通り魔事件の犯人はまだ捕まっていない。この公園で被害が出たとは聞いていないけれども、近隣住民は用心して迂回経路を取っているのかもしれない。

——公園の野犬は自警団が一掃したって話だから、野犬はいないだろうけど……。

もう何年も社会問題になっている野犬の増殖と凶暴化。その対策として各自治体ごとに自警団が組まれ、野犬狩りが行われている。

国内外の動物愛護団体からの、人間による蛮行だという批判も高まったのだが、こう治安低下が続いているなかでは道徳的な声は掻き消されがちだった。大人の男たちは「家族を守る義務が俺たちにはある」の一点張りだ。

——戻ったほうがいいのかな。

躊躇《ため》いのままに足の進みがのろくなる。

五分の道のりを戻るか、それとも、このまま十分弱の道のりを突っ切るか。

と、背後からチリンと高い音がした。咄嗟に道の脇に避《よ》けると、一台の自転車が尚季の横を通り抜けていった。その尻に張られた赤い反射ステッカーが向かう道の先で煌く。

なんだかビクビクしている自分が恥ずかしくなって、尚季はふたたび足を速めた。このまま公園横の道を抜けると、電車の線路に突き当たる。そこに口を開けている地下道を抜ければ、自宅から十分ほどのところにある住宅街に出る。

走れば半分の時間でこの道を抜けられるのにそうしないのは、自分にも他人にも怯えていると認識させたくないからだった。弱みを晒《さら》したくない。走って逃げると、かえって犬は追いかけてくる。狩猟本能を刺激されるからだ……このずらりと林立する樹木の陰に、通り魔が潜んでいないとも限らない。

気がつくと、妙にあたりが静かになっていた。車の流れが途絶えている。

そして、さっきから項《うなじ》にチリチリとした痛みが走っていた。背後に気配を感じるのは、恐怖が作り出す錯覚だろうか？

尚季は意を決して、後ろを振り返った。そこには歩いてきた緩やかに湾曲する道がある。その湾曲と背の高い樹木のせいで、街路灯の光はなかば遮断されてしまっていた。不気味な暗がりが拡がっているものの、とりあえず怪しい人影は見当たらない。

溢《あふ》れ出しそうな恐怖を封じ込めて、尚季はふたたび歩きだす。

秋の虫が四方八方から鋭く高らかに鳴く声が、焦燥感を乗算させる。

コントロールしようもなく、足を前に出す動きがどんどん速くなっていく。いつしか尚季は全力疾走していた。

その選択が正しかったのか、否か。

後ろで石畳を蹴《け》る音が生まれていた。幻聴ではない。尚季は闇に沈みがちな道を走りながら、肩越しに背後を見た。

追ってくるのは男だった。背の高い男だ。黒いパーカーにスエットのパンツ——それは、さっき追い抜いていった自転車をこいでいた男のものと同じだった。

そして、その顔はぎらつく目だけを覗かせて、あとは黒いのっぺらぼうだ。

──目出し帽……っ。

連続通り魔事件の犯人は、目出し帽を被っているという。

男はザッザッと走りながら、右手を肩の高さまで上げた。なにかを握っている。車道を前方から走ってきた自動車のヘッドライトの光が、それに反射した。ぎらりと銀色に輝くナイフが、一瞬、くっきりと浮かび上がる。

自動車はあっという間に後方へと走り去る。助けを求める暇などなかった。

自分の命は、もしかすると一分後にはないのかもしれない。

非現実的なまでの、不条理な恐怖。

……自警団に狩られた犬たちも、こんな恐怖を味わったのだろうか。


必死に走っていた尚季は、右の肩甲骨の下にズンッと重い衝撃を感じて、よろけた。自分の肉体に入り込んだ異物が抜かれるのを感じる。一拍置いて、そこがカッと熱くなる。ナイフで刺されたのだ。痛みよりショックのあまり、足がもつれた。

「ほら、逃げないと、また刺されちゃうよ？」

暴漢の声は、まるで性快楽を堪能《たんのう》しているように上擦っている。

制服の背中がじわぁっと熱く濡れていくのを感じながら、尚季は走った。

「遅い遅い。もっと真剣に走んないと！」

心臓が張り詰めて、震える。

足の下の石畳が不安定に揺れている。

膝がガクガクする。

「あーあ、追いついちゃった」

もう、駄目なのかもしれない。

石畳の合わせ目に靴の爪先《つまさき》が引っ掛かり、尚季は大きくバランスを崩した。転ぶまいとしたけれども、背の傷が痛み、そのまま身体が傾ぐ。公園と道路の境目に植えられている樹木へと側頭部を激しく打ちつける。頭の芯《しん》がぐにゃりと歪むような衝撃。

こんな場所で、こんなふうに突然、命は終わるものなのか。

呆然《ぼうぜん》とした想いが、ぷちりと弾《はじ》けて、消えた。

暗闇に蹲っている。

自分は通り魔の凶刃に切り刻まれて死んだのだ。

涙が出た。二匹目のクロタが戻ってこないと諦めたときに泣いて以来、八年ぶりに流す涙だった。

涙は目の奥で、ずっとずっと長いことかけて溜められていたらしい。涙が止まらない。泣いてしまったら、ぐずぐずに心が弱ってしまう気がして泣かずにきたのだけれども、死んでしまったいまなら、もう思いっきり泣いてもいいだろう。

自分以外の生き物の気配のしない家。ひとりの食事。誰にも素直に甘えられなくて。

父親にすら、八つ当たりや我儘《わがまま》という甘え方すらできなかった。

父親は尚季が物心ついたころから仕事人間で、家庭を顧みない人だった。母は寂しがりながらも、そんな父を愛し支えていたのだと思う。だから母が交通事故で急逝してから、尚季は母がしていたように、できるだけ父親に余計な負担や心配をかけさせないようにした。

仕事に邁進《まいしん》する父親を嫌いではない。

でも、やっぱり本当は寂しかった。

尚季はいつも、ひとりで対処できる心身の揺れ幅に自分を押し込めてきた。

その範囲を越えて傷ついてしまったら、ひとりで身体を丸めて、心が痛いのも身体が痛いのも、通り過ぎるのを待つしかない。弱っているとき、飼い慣らしたはずの孤独が暗い牙を剥いて襲いかかってくる。退けられずに呑み込まれれば、どうして自分ばかり不幸なのかと世界中を醜い心で恨みたくなる。それが嫌だった。

でも、そうやって小さな安全圏のなかだけで保身して生きてきたのは、明日も明後日も、一年後も十年後も、自分の命が続いていくと普通に思い込んでいたからなのかもしれない。

こんなふうに突然終わるものならば、もっと素直に求めればよかった。

周りに対して壁を造らず、自分以外の存在ときちんと触れ合えばよかった。

触れたい。

最期に無性にぬくもりに触れたくて、尚季は闇に手を伸ばす。

落ち葉だろうか。カサカサとした脆《もろ》い感触。それを虚《むな》しく掻く――――と、ふいに手首が温かさにくるまれた。

「なおき」

低い声が鼓膜にじんわりと滲む。

「尚季、大丈夫か？」

誰かが、いる。こんなにあたりが暗いのが、瞼《まぶた》を固く閉じているせいなのだと、ようやく気づく。鉛を貼《は》りつけられているみたいに重い瞼をなんとか上げる。

街路灯か、月明かりか。薄い光に、自分の横にしゃがみ込んでいる男の姿がぼわりと照らされていた。闇に溶けかけている輪郭は大きくて頼もしい。

「……ひづき？」

「よかった――尚季。助けるのが遅くなって、悪かった」

「…痛っ」

飛月に上体を助け起こされるとき、右肩甲骨の下

に熱い痛みが走った。血の生臭い匂いが濃密に漂っている。よほど傷が深くて大量出血しているのだろうか。

尚季は怖さと痛みにぎこちなく男の腕にしがみつきながら、改めて飛月の顔を見上げ――あやうく悲鳴をあげそうになった。

顔の下半分が抉《えぐ》れているように見えたのだ。

飛月が慌てて服の袖《そで》で自身の口許を拭うと、男らしいラインで張った顎が現れる。

「けが…口を怪我してる？」

「いや」

「でも、それ、血だろ」

「大丈夫だ。俺のじゃない」

――俺のじゃないって……？

尚季は公園と道路の境目から、公園の敷地内へと視線を走らせた。そして、躑躅《つつじ》らしき植え込みの下から、にゅっとなにかが突き出ているのを見つける。

「飛月」

カラカラに乾いた口からなんとか搾り出した声は、ひどく掠《かす》れていた。

「通り魔、は？」

訊ねると、飛月は闇に煌く双眸を植え込みのほうへと向けた。

「心配するな。俺がちゃんと片付けた」

「…………」

すると、あれはやはり、人の手なのだろうか。

五本の指らしきものは苦悶《くもん》のかたちに折れ曲がっている。

強張《こわば》る視線を飛月の横顔へと向けた尚季は、顔についた血以外にも、彼に異変が起こっていることに気づく。

かすかな光を反射して煌く、琥珀色の眸。瞳孔《どうこう》は縦に絞られている。

まるで、夜行性動物のそれのような。

「飛月……その目…」

震え声の指摘に、飛月が目を見開く。そしてパッと瞼を下ろした。

次に瞼が上げられたとき、そこにはいつもの黒々とした眸が嵌まっていた。

「目が、どうした?」

なにもなかったみたいに訊かれる。カラーコンタクトでも使わない限り、目の色が一瞬で変わるなどあり得ない。ずきりと頭が痛んだ。

——錯覚?

そうだ。錯覚なのかもしれない。頭を強打したから、視神経がおかしくなっているのだ。そうとしか考えられない。

けれど、植え込みの下から覗いているものは錯覚ではなかった。人の手は確かにいまもそこにある。

「救急車」

尚季は飛月の腕に指を食い込ませた。その黒いブルゾンの生地はぬるりと濡れている。おそらく血だ。通り魔の、血。

でも、通り魔だからといって見殺しにしていいわけがない。

「救急車、呼ばないとっ」

制服のブレザーのポケットから携帯電話を握り出す。けれども、まるで指がかじかんだようになっていて、携帯を取り落としてしまう。それを飛月の大きな手が拾った。

「呼んだって、意味ない」

「……え?」

「死んでる」

飛月の目に動揺は微塵《みじん》もない。

「あいつは尚季を襲った。あのナイフで尚季を切り刻もうとしたんだ……それに、これまでにもたくさんの人間を殺傷してる」

確かに、中高生連続通り魔事件では多数の犠牲者が出ていて、死亡した者もいる。

「でも……でも、殺したり、したら」

「なんでだ？　人間だって野犬を狩って、自分たちの手で処分してるだろ。あいつはそこら辺の野犬なんかよりよっぽど凶悪で、たくさんの人間を殺してきたんだぞ」

「だけどっ」

「俺は尚季を守りたかった。それができたから満足だ」

守りたかった、という言葉は尚季の胸に、自分のために飛月が人を殺《あや》めたのだという事実を、杭《くい》のように深々と打ち込んだ。この事態をどうすればいいのか、止まりそうな思考で必死に考える。

「自首…」

尚季は飛月の腕を揺さぶった。

「自首したら、ちょっとは刑が軽くなる。それに俺のことを通り魔から助けるためだったんだから、正当防衛になるかもしれないっ」

しかし、飛月は尚季の言葉を聞こえなかったみたいに受け流す。

「背中を見せろ。傷の具合を診るから」

ブレザーの襟を乱暴に摑まれて、ずるりと脱がされる。傷口のあたりのシャツを引き裂かれた。

「よかった。出血のわりには酷くない」

そう言うと、飛月は尚季の制服のネクタイを解《ほど》き、それで尚季の胴をぎゅっと縛った。ブレザーを肩にかけられる。

「とりあえず傷口が開かないように押さえたから、尚季の家で手当てしよう」

飛月が言うのに、尚季は首を横に振って訴える。

「一緒に、一緒に警察に行こうっ」

「——そんなに俺を遠ざけたいのか？」

「遠ざけるとかじゃ……」

飛月の眸が空間を漂う淡い光を掻き集めたみたい

布の濡れそぼった部分が、男のたっぷりした肉質の唇に咥《くわ》えられる。

「なに……」

吸っている。まるで甘露を味わうように、飛月は布に染みた尚季の体液を啜《すす》った。

なにか口腔《こうくう》の唾液をじかに啜られているみたいで、恥ずかしい痺れが腰から背骨へと突き抜けた。思わず身体をビクつかせると、飛月が恍惚《こうこつ》とした表情で覗き込んでくる。彼の目の縁の粘膜は赤みを帯び、睫は涙で濡れそぼっている。

ちゅくちゅくとハンカチを吸い尽くすと、飛月はハンカチ越しに尚季の中指を口に含んだ。

指先に擦りつけられる舌のやわらかさが伝わってくる。深々と含まれた指の根元に、チクリとした痛みを感じる。鋭すぎる犬歯にコリコリと甘嚙《あまが》みされると、下腹にまどろこしい熱が溜まっていく。

尚季は乱れる息を止めて、男の口から指を引き抜いた。

ふたり分の唾液が混ざったハンカチで、飛月の口許を清める。激しい動悸《どうき》に、指先の毛細血管まで脈打っていた。

包帯をきつく巻かれた胸部から鳩尾《みぞおち》にかけてが苦しい。

自分の部屋のベッドにうつ伏せになった尚季は、浅い呼吸を繰り返す。

飛月は怪我の処置には慣れているようで、尚季の家の貧相な救急箱の中身で手際よく手当てをしてくれた。うつらうつらしていると、階段を上る足音が聞こえてくる。この家のなかで他人の足音を聞くのは、三カ月ぶりだ。なんだかそれだけで、身体から力が抜けるような安堵感が拡がる。

開きっぱなしのドアから飛月が入ってくる。

「鎮痛剤と水、持ってきた」

「……ありがと」

いくら深手ではなかったといえ、背中の傷は脈拍に合わせてズキンズキンと痛む。

飛月がペットボトルの水をグラスに注《つ》いでくれる。尚季は二錠の薬を水で胃に流し込んだ。この手の薬を飲むと覿面《てきめん》に眠くなる体質だから、朝までぐっすり眠ってしまうに違いない。明日は土曜で授業がないのが、ありがたかった。

神経も肉体も疲れ果てていた。いまにも意識が内側へと捲《まく》れて、眠りに落ちそうだ。

尚季が片頬を枕に埋めて、とろとろとした瞬きをしていると、ベッドの横に膝をついた飛月がまるで追い出されまいとする子供みたいな言い方で告げてきた。

「俺は、このままここにいるからな」

身元どころか、存在としての得体すら知れない青年。人を殺した……自分が、殺させてしまった。

飛月を拒絶する権利など、自分にはないように思われた。

だから、瞬きで「いいよ」と答える。

心も身体も弱っているせいなのか、いまひとりぼっちになるのが、とても怖かった。

ただ道を歩いていて、通り魔に遭ったのだ。いつ、このベッド横の窓ガラスを割って強盗や暴漢が押し入ってきてもおかしくないのではないか。昨日までは宥《なだ》めることができていた不安が、いまやリアルで、手に負えないものになっていた。

飛月のことも怖い。けれども、こうして霞《かすみ》のかかった目で見ていると、彼のつややかな黒髪はクロタの毛に似ているように見える。

「……飛月、さ」

「ん？」

「もしかして、今日だけじゃなくて、俺のこと尾けてた?」

あやしい呂律《ろれつ》で訊ねると、頷きが返ってくる。

「近づくなって言われたけど、見つからなければいいかと思った。ごめんな。気持ち悪いのに」

「気持ち悪い?」

痛みを嚙み殺すような苦しげな声で飛月が呟く。

「尚季は男同士、嫌なんだろ――でも俺は尚季が好きなんだ」

どうして飛月が自分をそんなに好きなのか、わからない。

わからないけれども、女の子たちからされる告白よりもストレートに、想いが胸の深くまで滑り込んでくる。

……いくら援助交際を持ちかけられて腹が立ったとはいえ、同性愛を気持ち悪いと言ってしまったことは、きっと飛月を傷つけたに違いない。

それを謝りたいと思った。

そのことも、自分が重罪を犯させてしまったことも、謝りたい。

でも、もう本当に眠くて。

尚季はシーツのうえに手を這わせ、男の手を探った。しっかりした手首を握り締めたのと同時に、尚季の意識は暗闇へと落ちていった。

3

カーテンの隙間《すきま》から溢れる光のなか、目を覚ました尚季は、ベッドの横に座り込むかたちで自分に手首を握り締められたまま眠っている男を見つめていた。

恐ろしい昨夜の出来事。あれは現実だったのだ。事実、背に刻まれた刃傷はいまも痛んでいる。

知らず知らずのうちに、手のなかの太さのある手首をきつく握ってしまう。青年の鮮やかな眉がぴくりと動き、睫がゆらりと上げられた。黒い目が尚季を見たとたん嬉しそうに細められる。

「おはよう、尚季」

既視感が起こった。飛月とこんなふうに朝一番の視線を交わし合ったことが、かつてあったような……。

――そんなはず、ないか。

昨日の晩、地下通路で飛月の顔をハンカチで拭ったのだけれども、こうして明るいなかで検《あらた》めれば、頬や顎に血痕《けっこん》らしきものがかすかに残っている。

確かに、飛月は人を殺した。自首するように説得するのが、自分のすべきことなのだろう……しかし、自分のために罪を犯した人間をどんなふうに説得すればいいのか、まったくわからない。そもそも説得する権利があるのかすら、微妙なラインのように思われた。

しかも、もしかすると飛月は普通の「人間」ではないかもしれないのだ。獣性を宿した目や牙が、網膜に焼きついてしまっていた。

「尚季?」

心配で仕方ないといった表情が覗き込んでくる。

「背中とか頭、痛むか?」

そっと頭を撫でられ、前髪を軽く払われる。額に皮膚の厚い掌が乗せられる。

「熱は出てないいな」

露骨すぎるほどホッとした顔を飛月がする。

こんなふうに気遣われることには慣れていない。不覚にも気持ちを緩められてしまった直後に、落ち着かなさが込み上げてくる。

尚季は飛月を一階に連れて行くと、バスルームでシャワーを使わせた。そして、血が染み込んでいるだろう飛月の衣類を洗濯機に突っ込んだ。山のように洗剤を入れて、汚れ多めの設定にする。洗濯槽のなかの水が赤く濁りながら回っているだろうことを思うと、具合が悪くなった。

覚束ない足取りでリビングに移動し、ソファのうえでパジャマの膝を抱える。怖くてテレビを点《つ》けられない。

もしかすると、もう公園の死体は発見されているかもしれない。いつもは他人事《ひとごと》として聞き流していたニュースで読み上げられる凶悪事件が、いまは我が事として皮膚にぴたりと張りついていた。緊張が体内で膨らんでいく。

しばらくして、リビングの戸口のところで物音がした。忌まわしい物思いから我に返ってそちらを見た尚季は、茶色い目を大きく見開いた。

「……な」

飛月が立っていた。下ろした手にだらりと白いタオルを持った、一糸纏《まと》わぬ姿で。

つややかに張った肌に雫《しずく》を伝わせた肉体は手足が長く、見事に均整がとれている。動物的なしなやかなフォルムで、胸板や首筋、肩のあたりは力強さに満ち、腹部は狩猟犬のようにしっかりと絞られている。

つい目が行ってしまった下腹に垂れている性器も、見る者に畏怖《いふ》の念を抱かせるほどずっしりと重たげで。

完璧《かんぺき》な雄の肉体だった。

しかし、尚季が目を瞠《みは》ったのには、もうひとつ理由があった。

「……なんだよ、その…傷」

飛月は「え？　ああ」と呟くと、自身の身体に視線を落とした。

「仕事とか、いろいろと子供のころからあったからな」

こんなふうに何十箇所も傷跡が残る仕事とは、いったいなんなのか？

新しいのもあれば古いのもあるようだ。裂傷のほかに肉が抉れたらしき跡もある。右脇腹に刻まれた十五センチほどの縫合痕が特に痛々しかった。

――子供のころからってことは、虐待されてたとか？

胸がぐっと痛くなった。それが表情にも出てしまったらしい。

飛月が目の端で笑う。

「そんな顔するな。このひとつひとつの傷はぜんぶ、俺の願いを叶《かな》えるために必要なものだったんだ」

「願い？」

飛月は近づいてくると、腰をかがめて尚季を見つめた。

不思議に懐かしい気持ちにさせられる眼差し。

「いま、その願いが叶ってる」

「……」

よくわからない。

瞬きをするのも惜しいように見つめられて、尚季は思わず目を伏せ――男の下腹の器官を近くで見てしまう。耳が少し熱くなる。

飛月が恥ずかしげもなく裸体を晒したまま横に座った。同性とはいえ、自分のものとはあまりに違う肉体を見せつけられるのはいたたまれない。

――俺のこと買って……ヘンなことするつもりだ

ったんだよな。

そのヘンなことをいくつか想像してしまう。

「尚季、耳が真っ赤になってるぞ」

指摘されて、尚季は乱暴に飛月の手からタオルを取り上げると、彼の下腹に広げてかけた。

「隠せよ」

「俺のコレ、気になるんだ?」

飛月がタオルのうえから自身のものを摑んで、かたちを強調する。

「そういうこと、するなってばっ」

小学生並みの言動に頬まで赤くして怒ると、飛月が笑いに肩を震わせる。

さっきまでの陰鬱《いんうつ》な緊張感が、すっかり飛んでしまっていた。

——そういえば、このソファに誰かと並んで座るの、久しぶりだな。

仕事人間の父親は日本《にほん》にいたころも出張が多く、普段も帰宅が遅かったから、こんなふうにソファで一緒に時間を過ごすことなどなかった。

友達は家に呼ばない。シゲルですら、小学三年のときにクロタが死んでから家に呼ばなくなった。

隣に人がいる違和感をぼんやりと味わっている尚季の横、飛月がローテーブルのうえに置かれたテレビのリモコンに手を伸ばした。

止める間もなかった。テレビにパッと映像が映る。

「テ、テレビ、消せよっ」

慌ててリモコンを取り上げようとするのに、飛月はパッパパッとチャンネルを替えていく。そして、あろうことか、ニュース番組でチャンネルを止めた。

眼鏡をかけた男性ニュースキャスターが政治家の贈収賄事件について読み上げている。

「なに考えてんだよっ…もし、公園のあれが放送されたらっ」

「放送されてるなら、なおさら確認したほうがいいだろ」

「――そんな」

飛月はなおもリモコンを取り返そうとする尚季の両手首を片手で易々《やすやす》と拘束した。

次のニュースに移る。キャスターの後ろの映像が切り替わる。

公園の風景と「I公園死体遺棄事件」という文字が映し出されたとたん、尚季の項に冷たい汗が噴き出した。

すでに、昨夜の通り魔の死体は発見されていたのだ。キャスターが淡々と続ける。

『今朝、午前八時半ごろ、I公園を犬を連れて散歩していた女性が、公園敷地内にて男性が死亡しているのを発見しました。男性はK区在住の無職・ナカムラヤスオさん三十五歳で、警察の発表によると、死因は頸部《けいぶ》からの失血によるものと見られ、傷跡の状態から近年多発している野犬による被害の可能性が高いとのことです。今月に入って同様の野犬による被害は全国で五件に上っており、警察庁は夜間外出の際にはくれぐれも注意するようにと――』

尚季はテレビを凝視したまま固まっていた。

どういうことだろう？　ナカムラヤスオ――尚季を襲った通り魔は、確かに死んだ。現場は、ここから徒歩十五分ほどの距離にあるI公園だ。

しかし警察は、それを野犬によるものと判断したらしい。

「問題なし、と」

まるでわかりきったことを確認したみたいな口調で呟くと、飛月はテレビを消した。

尚季はぎこちない動きで、横の男へと顔を向けた。

「野犬て、どういうことだよ？」

「ん？　だから、死体の首に犬に噛まれた跡があったってことだろ？」

こともなげに飛月が言う。

飛月は自分が殺したという。しかし、公園で見つかった遺体の死因は野犬によるものらしい。

――犬に嚙まれた……犬歯……

公園で見た、獣のように変形した飛月の犬歯。

「尚季はなにも気にしなくていい。あいつは死に値することをしてきたんだ」

「……あの人が連続通り魔事件の犯人、って意味？」

「ああ。あいつの犠牲になった人間は二十五人。うち、五人が死んでる」

「え、違う。被害者は十二人で、死んだのはふたりだ」

飛月が横目で尚季を見た。

「だから、前科を含めてだ。ナカムラヤスオは、十五年前にも連続通り魔事件を起こしてる。当時の被害者は十三人、うち死亡は三人。昔の新聞を調べれば載ってるはずだ」

「――それって、十五年で刑務所から出てきたってこと？」

「言い渡された刑期の何分の一かでシャバに出されるなんて、よくあることだろ。刑務所はどこも満杯だからな。ナカムラは五カ月前に仮釈放になったんだ」

当時、被害に遭った十三人の恐怖や苦痛、無念が、たかが十五年で帳消しになったのだ。そして当の犯人は反省も更生もしないまま、またぞろ同じ罪を繰り返した。

「あの通り魔は元からリストに載ってた。だから警察サイドは、あくまで野犬による被害ってことで片付ける。尚季はなにも気に病まなくていい」

その飛月の言葉は、尚季の心に新たな惑乱を呼び起こした。

――気に病まなくていいって言われたって……それに、リストって？

飛月は警察の動きもあらかじめ読んでいたようで、

とても昨夜、人ひとり殺めた者とは思えない落ち着きぶりだ。

そもそも、どうして件の通り魔の前科まで、飛月が知っているのか？

――わけがわからない。

尚季は煩悶《はんもん》の表情、後ろ暗い会話をする声音でぼそぼそと訊ねた。

「リストって、なに？　どうして飛月が前科とか知ってるんだよ？　飛月って――何者？」

「だから、尚季はなんにも気にしなくていい」

「気にするよ。気になるの、当たり前だろっ」

少し荒れた声を出すと、飛月が手を伸ばしてきた。

頭を撫でられる。

「なに…」

すごく優しい手つきだ。頭を撫でられると、相手が自分を受け入れてくれているような気がするものなのだな、と思う。その不慣れな近すぎる距離感に、尚季の気持ちは否応《いやおう》なく乱される。それが表情にも出たのかもしれない。

飛月が笑みを浮かべた。その笑みが、すっと頬を掠める。

耳の下がくすぐったい。すりすりと、男の高い鼻梁《びりょう》が首筋の薄い皮膚に擦りつけられていた。心臓が竦んだ。さんざん擦りつけたあとに、くんと首筋の匂いを嗅がれて、尚季は頬を赤らめる。

「も…くすぐったいだろっ」

「逃げんなよ。尚季の匂い、すごく好きなんだ」

低い声で囁《ささや》かれ、首をざらりと舐められる。

背筋をぞくぞくとした痺れが駆け抜けて、尚季はきゅっと肩を竦めた。

もう一度、今度は首の付け根から耳の後ろまでの長いラインを舐め上げられる。身体中の皮膚がそそけ立つような感覚。どうしていいか、わからない。

男同士でこんな愛戯めいたことをするのはおかしい。

……たぶん、この全身に拡がる痺れには、人殺しに対する恐怖や、それを自分が引き起こさせたことへの取り返しのつかない罪悪感も混じっている。甘くて、怖くて、鳥肌が立つ。混乱して、泣きたくなってくる。

繰り返し舐められていくうちに、いつしか腰は甘ったるい重みに沈んでいた。ソファにめり込む臀部《でんぶ》がもどかしく疼《うず》く。唾液が火照る肌をのろりと伝い、パジャマの襟の内側へと垂れた。

首を前にくったり折った尚季の目に、男のしっかりした腰が映る。

その下腹にかけられた白いタオルは、隆々とした勃起《ぼっき》に高く突き上げられていた。

＊＊＊

血の味が嫌いだった。痛いことが嫌いだった。傷つけられたくないと思ったし、仲間を傷つけるのも嫌でたまらなかった。

「そういう良心は『猟獣』には無用のものだから、棄てなさい」

ブリーダーは幼い飛月に、繰り返し命じ、脅した。

「棄てられないなら、おまえは死ぬよ」

いまから十四年前、広大な富士《ふじ》の裾野《すその》の一角に、国から支援を受けて大規模な研究施設が造られた。そこには国立大学の研究室から遺伝子工学の優れた研究者たちが集められた。

人間と獣の遺伝子を弄《もてあそ》び、種の創造という神の領域に踏み込むプロジェクト。

しかしそれは、当時の内閣と法務省《ほうむしょう》、文部科学省《もんぶかがくしょう》の官僚の上層部、そして研究者たちによる極秘事項とされた。なぜなら、人間の遺伝子が完全解析されたのちも、クローンを始めとした人体実験は、世界的倫理規範によって禁止されていたからだ。

……死刑制度が廃止されて以降、日本の治安は加速度的に悪化の一途を辿っていた。再犯凶悪犯罪者の撲滅は国家の急務となった。

とはいえ、いくら更生の余地のない凶悪犯罪者でも、人間が人間を抹殺すれば大事《おおごと》になる。では、野犬なりの被害となれば、どうだろう？　不幸な事故として流されるまでだ。

初めは法務省が作成したターゲットリストを元に警察が猟犬を使った処刑を試みたが、死亡に至らなかったり、通行人などターゲット以外の人間を誤って襲ったりするケースが相次ぎ、凍結となった。

そこで、人の理解力と意思を持ち、犬よりも攻撃力の高い合成生物《キメラ》を遺伝子操作によって作り出すプロジェクトが文部科学省の下で起《た》ち上げられた。

神の領域に踏み込むことを許可された研究者たちの昼夜を問わぬ熱心な実験の末に、半人半狼《はんじんはんろう》の「猟獣」はおよそ十年前、実用化された。

初めは二、三頭しかいなかった猟獣だが、いまでは常時、十五頭前後は確保されている。幼いころから定期的にトーナメント制で猟獣同士を戦わせてランク分けし、能力が低いものは実験体にするか破棄するというシステムで強化が図られた。

感受性の強い雌は精神錯乱をきたす可能性が高いので造られず、雄のみが生産された。

猟獣を管理する研究者たちは、いつしか、命を掛け合わせ、優秀な猟獣を育て上げる自分たちのことをブリーダーと呼ぶようになった。

無慈悲なブリーダーたちの下、たくさんの猟獣たちが心身に過酷な試練を強いられ、脱落していった。

そんななか、幼獣だった飛月もまた、脱落しかけたことがあった。

ランク分けのために強いられる闘いが嫌でたまらなくて、当時の飛月は定例トーナメントの際、最低限の反撃しかしなかった。そのせいで、いつも傷だらけだった。

　猟獣は人型のときは人の速さで、獣化しているときは狼《おおかみ》の速さで加齢する。幼いころは成長を速めるために――狼は生後二年半で成獣となる――、薬物によって強制的に獣化させられている時間が長い。だから飛月は夜な夜な、狼の姿で冷たい鉄のゲージの端っこに蹲り、身体のあちこちにできた裂け目を舐めつづけた。

　血の味は、嫌いだ。

　自分のなかの「獣」が血を餌《えさ》にして育っていくのを感じる。育ち、「人間」としての心を喰《く》らっていく。

「おまえは月貴ほどではないけれど、森林狼の恵まれた遺伝子を配合されている。心を強くして身体を鍛えれば、アルファだって狙えるはずだ」

　月貴は飛月と同じ年の春に命を受けた猟獣だった。種族のなかでもっとも恵まれた資質を持つ北欧種の遺伝子を配合されている月貴は、生後半年にしては身体が大きく、外見も色素が薄くて美しい。

　ただ北欧種の難点は、人型のときも色素が薄いため、日本では外見的に浮いてしまうことだ。任務遂行という点では、東洋人の外見をしている飛月のほうが多少有利に違いなかった。

「仕事をするようになってアルファになれれば、さまざまな特権が与えられる。仕事以外の時間は自由にしていい。交尾だって、好きなようにできる」

　アルファとは、実際の狼の集団のトップにも用いられている呼称で、アルファのみが交尾の権利を有する。狼の集団では最上位狼のみが交尾をすることで優秀な遺伝子を残していくわけだが、猟獣においてはそれが出世競争の褒美となる。

　アルファ以外の下位猟獣は猟獣間での交尾以前の性行為までは黙認されているが、定期検診で肛門性交まで行ったことが発覚すれば厳罰に処される。

外部の人間や犬との性交は、下位猟獣はミッションの時間制限がタイトで、さらに二頭ずつで行動し監視し合う——違反を密告すればプラス査定になる——ため、基本的に不可能だ。

ブリーダーたちは、自由だ交尾だと餌をちらつかせて、猟獣たちを焚《た》きつける。

けれど幼い飛月には、自由の価値も交尾の価値もよくわからなかった。

そうして仲間との争いを疎んでいるうちに、ブリーダーたちは飛月はまともに仕事をできるようにならないと見限ったらしい。猟獣の被験体を欲しがっている東京の研究所に——富士の研究所をメインとして、いくつかの国立大学に研究提携のチームが起ち上げられていた——飛月は移されることとなった。

その都内にある研究所は、猟獣たちのあいだで恐ろしい場所として噂《うわさ》されていた。

なんでも、身動きもままならないような狭い檻《おり》に閉じ込められ、脳に電流を流されたり、拷問のような残酷なテストをされたり、劇薬を投与されてデータを取られたりするらしい。死んでからも腹や頭を開かれて、中身を細切れにされるという。

惨めに切り刻まれるために、自分はわざわざ生まれてきたのだろうか？

いったい、なんのために命を与えられたのか？

こんな不恰好《ぶかっこう》な命でも、踏み躙られるのは嫌だと思った。

研究所まで運ばれる途中、飛月は隙《すき》を突いて運搬車両から逃げ出した。けれど、施設以外の世界を知らなかった飛月は、道路を轟音《ごうおん》を立てながら行き交う車に圧倒され、うろついているうちに轢かれてしまったのだった。

硬い道路。右脇腹が熱い。汚い空気がごうごうと倒れている飛月の身体を殴る。鼻先を上げて、空を力なく見上げた。

どうして自分は猟獣なのだろう？　ブリーダーたちのような「人間」ではない。かといって、本物の「狼」とも違う。本来は混ざらない命を無理やり混ぜて作り出された人造物。たぶん間違った命だから、こんなに苦しい。

意識が端からボロボロと崩れていく。最後の力を振り絞って、飛月は悲しく、黒い獣の身体をもがかせた——と、その時だった。

「動くな！　クロタっ」

甲高い声が、けたたましいエンジン音を縫って聞こえてきた。

それが、茶色いピカピカした目をした少年との出《で》逢《あ》い。

朝陽《あさひ》が少年の茶色くてさらさらした髪を煌かせている。それを飛月は飽くことなく眺めていた。

八年前にもこんなふうに、眠る尚季を見つめていたものだ。あの頃《ころ》は尚季のシングルベッドで楽々と一緒に寝ることができたのだが、いまは互いに身体が大きくなってしまったから無理だ。

二泊目の昨夜は、尚季に言われてドイツに単身赴任中だという父親の部屋のベッドに横になった。暗がりのなか部屋の匂いを嗅いでみたが、飛月の優れた嗅覚《きゅうかく》をもってしても、尚季の父親のものらしき香りはほとんど嗅ぎとれなかった。この二階建て３ＬＤＫのファミリーサイズの家で、尚季がこれまでどれほど孤独に過ごしてきたかが窺えた。

なんだかいてもたってもいられなくなって、飛月は結局すぐに部屋を抜け出し、こうしてまた尚季のベッドの横に蹲って朝を迎えたのだった。

そして、その晩。どうしても尚季とずっと同じ部屋にいたくて、飛月は父親の部屋のベッドを尚季の部屋に運び込んだ。ベッドの高さは同じだから、サイドをくっつけるとダブルベッドみたいになる。

　尚季は「勝手なことするなよ」と文句を言って飛月に背を向けて寝たのだけれども、いざ眠ってしまうとすぐにころりと寝返りを打った。飛月は眠るのも惜しい気持ちで、ほとんどひと晩中、尚季の寝顔を眺めていた。これから毎日、尚季を近くで眺められる。手を伸ばせば触れられる。

　この幸せな時間を目指して、ひたすら険しい道を這うように進んできたのだ。

　八年前、尚季の家に保護されていた飛月は、ある人物によって無理やり施設に連れ戻された。

　その時、飛月は決意をブリーダーたちに告げた。

『俺、アルファになる。だから研究所には行かない』

　自分の牙を血まみれにしても、かならず特権を行使できるアルファになる。ずっと恐ろしくて嫌いだった自分のなかの獣の部分を、飛月は目的のために受け入れたのだった。

――あの子と…尚季とまた、一緒にいたいから。

　自由と交尾の権利。それが、どれほど価値のあることなのかがようやくわかったのだ。

　そのために人間としての良心を殺した。仲間を力で捻《ね》じ伏《ふ》せ、おぞましい「仕事」に励み、そうして八年の歳月をかけて、一カ月前、ついにアルファの座に着いたのだった。

＊　＊　＊

「あれ。門のとこにいんの、尚季のストーカーさんじゃねーの？」

　月曜日の、五限目と六限目の繋ぎ目の休み時間。教室の窓から上半身を乗り出したシゲルがわざとらしく目の上に手を当てて、遠見をする仕種《しぐさ》で言った。

　尚季はがたりと席を立ち上がると、シゲルの横の窓から校門を見た。綺麗にレンガが貼り込まれた門柱に、男が背を凭《もた》せかけて立っている。尚季は思わず舌打ちした。間違いない。飛月だ。

――なに、のこのこ外出してるんだよっ。

「ちょっと行ってくる」

と、窓から身を翻したときにはもう、女子たちが窓に鈴生《すずな》りになっていた。

「あー、由原のお友達さん」「友達じゃなくて、ストーカーらしいよ」「ストーカー?」「あたしだったら、あんなストーカーなら食べちゃうのになぁ」「でも、由原に男ストーカーって、どゆこと?」

黄色いさんざめきに思いきり口をへの字にして、尚季は教室を飛び出す。

擦れ違う生徒を薙《な》ぎ倒さんばかりの勢いで、尚季は一階分ごとにひとつ折り返しがある階段を、三×二＝六個駆け下りると、下駄箱で履き替えた革靴の踵《かかと》を踏み潰したまま、校門へと走った。

門の近くまで辿り着くと、飛月が門柱から背を離した。

「尚季」

語尾が微妙に上がっている呼びかけも表情も、露骨に嬉しそうだ。

学校の高い門は不審者を阻むために、始業から終業まで基本的に閉じられている。その門の黒い鉄格子を両手で摑んでぜえぜえと息を継ぎながら、尚季は飛月を睨んだ。

「尚季、じゃないっ」

なんで怒られているのかまったくわからない様子で、飛月が眉根《まゆね》を寄せる。

「迎えにきたの、嫌だったか?」

「迎えにって、まだ六限目があるし。大体、嫌とか以前に――」

飛月は自分の立場がまったくわかっていないらしい。公園での一件があったのは金曜日。それからまだ三日しかたっていない。

「警察とか、指名手配されてるとか、あるかもしれないだろっ。それを、こんな外をふらふらして、どういうつもりなんだよ」

小声でガミガミ言う尚季の格子を摑んでいる手に、ふいに飛月の手が重なってきた。

「心配してくれてるんだ？」

「……」

「尚季は優しくて、大好きだ」

言葉に似合いの表情を、飛月が浮かべる。

学校にオペラグラスなど持ってきている人間はいないだろうけれども、もしもそれで校舎から門を眺めている者がいたら、明日には学校にこれないような噂が広まっていたに違いない。

尚季は小さく咳払《せきばら》いをすると、鉄柱と飛月の手のあいだから手を引き抜いた。のだが、飛月が格子の隙間から手を伸ばしてきて、手首を摑んでくる。ぐぐっと腕を引かれて、尚季は門に額をごつりとぶつけた。

「──っ、いた」

「あ、悪い」

自分で引っ張っておきながら、慌てた声を飛月が出す。

なんだか飛月を見ていると、自分の力をよくわかっていない、ちょっと頭の悪い大型犬を思い出す。

そして、そんな飛月に、心を緩められてしまう。

黒い眸が覗き込んできた。

「待ってるから、一緒に帰ろう」

「だから、あと一時間あるってば」

「ここで待ってる」

もし、この門が乗り越えられるぐらい低かったら、自主早退を決め込んでしまっていたかもしれない。

六限目開始を告げるチャイムが鳴り響く。

尚季は飛月に学校の傍のひなびた喫茶店を教えた。

あそこなら客も滅多にいないし、人目につかずに待つには最適だ。

教室へと戻りながら、尚季は一段抜かしに階段を上る自分の足取りが軽やかなことに気づいていた。


水曜日、学校から帰った尚季は、自宅の靴脱ぎ場に飛月のサイズの大きな靴があるのを見て、我知らず安堵の溜め息をついた。

先週の金曜からこちら、飛月はこの家に泊まっている。

「おかえり、尚季」

リビングからぬっと現れた飛月は、すこぶる機嫌がいい様子だ。昨日、尚季が近くの古着屋で買ってきたTシャツとカーゴパンツを身につけ、手には雑誌を持っている。雑誌には——遊園地・テーマパーク特集、という文字が黄色で打たれていた。

「……どうしたんだよ、それ」

「近くのコンビニで買ってきた。これだけ買ってすぐ帰ったから、うろうろはしてない」

革靴を脱いだとたん、飛月に腕を摑まれてリビングに連れ込まれる。ローテーブルのうえには、雑誌が何冊も広げられていた。

「これも全部、コンビニで買ったわけ？」

グルメマップにデートスポット特集、厳選温泉宿の雑誌まである。

軽く眩暈《めまい》がしたあと、ちょっと腹が立ってきた。

「どうして、ふざけてばっかりなんだよ？　学校に迎えにきたり、こんな雑誌買い漁《あさ》ったり」

飛月が目をしばたく。

「ふざけてない」

「ふざけてるだろ」

尚季は飛月の手から遊園地・テーマパーク特集の雑誌を引き抜いた。チェックの意味を成さないぐらいいっぱいにドッグイヤーが作ってある。

「もう、どこでも勝手に行けば？」

投げるように言うと、飛月がふいに身体を寄せてきた。

「いいのか？　いつ、いく？」

「……」

「でも、長崎《ながさき》のハウステンボスは遠いから冬休みまで待たないといけないいか。冬休みは……ちょっと遠すぎるな。とりあえず、もっと近場で」

飛月が関東《かんとう》エリアのページを開こうとする。

「ちょっと待てよ」

尚季は雑誌を引っ込めて訊ねた。

「まさか、これ、俺と行くつもり？」

「当たり前だろ。尚季と行かなきゃ意味ねぇ」

なんだか驚いてしまった。

援助交際を持ちかけられたし、好きだと告げられてはいたが、こんな普通に男女の恋人がするデートみたいなことまでしたがっているとは、まったく予想していなかったのだ。

「土日で、伊豆《いず》の温泉なんてのもいいな。一緒に風呂《ふろ》に入って、美味《うま》いもん食って」

尚季は改めて、雑誌という雑誌のあらゆるページの端が折られているのを見まわす。

——頭、悪すぎ。

鳩尾のあたりが熱くなるような変な体感が起こっていた。

「……こんな寝ぼけた計画立ててる場合じゃないだろ、俺たちは」

ちょっとどんな顔をしていいのかわからなくて、尚季はぶっきらぼうに言うと、家着に着替えに二階へと駆け上がった。


飛月との同居は、もう十日を迎えていた。

どうやら飛月の言葉どおり、公園で見つかった通り魔の死因は野犬によるものとして処理されたらしい。あの後、テレビ・新聞・雑誌に取り上げられることはなかった。

しかし、飛月に自首を促さなければならないという思いはある。殺人などという重罪が、あっさりと闇に葬られていいわけがない。

飛月の正体は、相変わらず不明だ。

目の色が変わったり、犬歯が獣のようになったりすることは、あの公園以来なかった。考えれば考えるほど肉体変容は非現実的で、日を追うごとにやはりパニック状態での錯覚だったのではないかと思えてくる。

また、飛月の社会的立場というのも謎だった。

警察の動きもないようだし、いろいろと入り用なものもあるということで、今日、尚季は飛月と一緒に隣町のデパートまで買い物に行った。


そこで飛月は支払いの際、黒いクレジットカードをぶっきら棒に店員に差し出したのだ。ブラックカード。ゴールドカードよりランクの高い最上級のカードで、芸能人や政財界の成功者だけが持つことができる特殊なものだ。

そのブラックカードを所持しているからには一般庶民であるはずがない。少なくとも、初めに歩道橋で会ったときの、ブリーダーだという自己紹介は完全に嘘だろう。

併せて、件の通り魔の前科を詳細に知っていたことといい、警察サイドの見解を読んでいたことといい、不可解なことが多すぎる。あるだけの想像力を総動員しても、仮説すら立てられなかった。

本人に職業を訊《き》いても流されるばかり。いくら身を隠している生活とはいえ、尚季が学校から帰ってくると、陽光が燦々《さんさん》と降りそそぐリビングのラグのうえで気持ちよさそうに寝ていたりする。その姿からは、とてもではないが社会人としての姿は想像できない。

せめてもヒントを拾おうと日常生活を観察すると、お世辞にも二十六年間——二十六歳だというのは訊き出せた——生きてきたとは認められないダメっぷりだった。

料理はまったくできず、どうやら炊飯器で米を炊いたことすらなかったようだ。目玉焼きを作るのに、かならず黄身を崩して殻の欠片《かけら》を大量に入れてしまう。カレーやクリームシチューの市販ルーをそのまま齧《かじ》る。洗濯を頼んだら初めはぜんぶを石鹸で手洗いし、洗濯機を使うように言ったら今度は洗剤を入れすぎて床を泡まみれにした。

そうは見えないが、実はどこぞの御曹司なのかもしれない、と疑いたくなる常識欠如の数々。

とはいえ、尚季が魚やハンバーグを黒焦げにしても心底美味そうにガツガツと平らげてくれるから、食事のパートナーとしては最高なのだが。

自分の作ったものを食べて大袈裟《おおげさ》なぐらい反応してくれる相手がいると、ちょっと照れくさくて、心が浮き浮きする。

飛月は身体は大きいし、顔立ちは野性的で鋭さがある。キレたら恐ろしいことを平気でやる気質なのも知っている。

けれど、彼の取り繕わない粗雑さは、尚季の目には「素直」という長所としても映っていた。

九歳も年上のはずなのに、なんだか可愛いと感じてしまうのだ。

獰猛だけれども自分にだけは懐いている大型犬と暮らしているみたいな自然さ。

——にしても、あのスキンシップは問題だけど。

いま尚季の部屋は並べられたシングルベッド二台に占領されている。尚季は壁際の自分のベッド、飛月は父のベッドで就寝するのだが、朝起きると、尚季はかならず壁と飛月に押し潰されている。

ベッド以外でもやたら首筋を嗅がれたり、舐められたりする。舐められるこそばゆさを思い出して、尚季は制服のシャツから伸びる自分の首筋に指を這わせた。飛月が舐めて恥ずかしい感覚を引き出すから、自分で触ってもちょっとぞくりとしてしまう。

——今晩はなに作ろうかなぁ。炊き込みご飯なんかいいかな。栗《くり》の炊き込み……作ったことないけど、ネットで調べればいいし。

家の近くのスーパーマーケットの一角で剝き栗を籠《かご》に入れながら、飛月の嬉しそうな顔を想像する。自然に口許が緩んでしまって、ハッと我に返った。

「バカか、俺」

愛着など持ってはいけない。関係が始まれば、いつか終わりがくる。終わりをこさせないために、なにも始まらせてはいけない。そう自分に言い聞かせながら暮らしてきたのに。


飛月になんとか自首させるにしても、飛月がこの生活に飽きていなくなるにしても、自分はまたひとりぼっちになってしまうのだ。

——こういうのが嫌なんだ。

リアルに想像できてしまうお終《しま》いに、心がしおしおと萎《な》えていく。

浮かれた分だけ、幸せな分だけ、あとの落ち込みは激しくなる。

どうせ萎れる心なら、初めからずっと萎れさせておけばいい。そうしたら、大してつらくもない。


「ピザ?」

デリバリーピザ屋の箱を手にリビングに戻ると、ソファでくつろいでいた飛月が露骨にがっかりした顔をした。ピザはこの十日間で一度取って、その時はそれなりに気に入ったようだったのだが。

「ここのピサ、こないだのとこより美味いから」

素っ気なく答えて、ローテーブルのうえにピザの箱ふたつと、ナゲットとポテト、アップルパイの入った箱をずらずらと並べる。

ふたり分の取り皿とフォークをキッチンから運んでくる。いつもは箸《はし》がくるのを待てずに煮物を手で摘《つ》まんだりするくせに、今日はピザの蓋を開けてすらいない。

尚季は無表情のまま床のラグに腰を下ろした。箱を端から開けていく。コーラをふたつのグラスに注ぎ、自分の皿にピザを一ピース取り分けて、いただきます、も言わずにむしゃむしゃと食べはじめる。膨らんだ縁の部分にぐるりとチーズの入ったピザは、胃にずっしりとくる。

尚季が次のピースに手を伸ばしたところで、向かいに座った飛月がぼそりと言った。

「俺、味噌汁《みそしる》と白い飯だけでもいいいんだけどな」

「作らないよ」

「面倒なのか？」

「飛月は大喰《おおぐ》らいだから作るの疲れる」

「…そうか」

飛月が気乗りしない様子で、ピザの箱に手を伸ばす。たっぷりミートとオリーブが載ったトマト味のピザはかなり美味なのに、飛月はまるで味けない栄養補助食品でも食べるように、むっつりした顔をしている。

自分が作ったものを食べるときと、まったく反応が違う。それを嬉しいと感じてしまって、嫌になる。過剰に甘ったれた気持ちを殺したくて、尚季はことさら冷たい口調で飛月に告げた。

「それと今夜からは、俺の部屋からベッド出して、父さんの部屋を使ってよ」

「なんでだ」

「傍にいられると落ち着かない」

「つう、ぁ、ぁあ、ぁ」

キスで頭のなかが白みかけたのと同時に、下肢の快楽が異様に跳ね上がったのだ。

強烈な体感に眉を歪める。睫と唇が性器とともに激しく痙攣《けいれん》する。

飛月の唇が名残惜しそうに唇から剝がれた。

「尚季、尚季のから、出てきてる」

「や――あっ！」

尚季の性器を包んでいるボディタオルの繊維の隙間から、白い粘液が押し出されていた。透ける紅色の亀頭がヒクヒクしている。

身体中の神経が焼き切れてしまったみたいになって、尚季はタイル壁にずるずると背を擦りつけながら、床へとへたり込んでしまった。床に放置されたシャワーから放たれている湯が、湯気をたてながら身体の下を流れていく。肩と胸を喘がせて、必死に呼吸する。湯気ばかりが口腔に入ってくるのが苦しい。酸欠で気を失ってしまいそうだった。

飛月が床に両膝をついて座った。ぐらつく視界で見れば、その下腹の凶器はいまにもはち切れそうになっている。

くんにゃりと緩んでしまった尚季の手指から、飛月はボディタオルを奪った。白濁をまとわりつかせた性器を露《あらわ》にされてしまう。立てた膝を閉じようとすると、右膝を摑まれて、外側へと大きく倒される。陰部を手で隠そうとすると、「ちゃんと見せろっ」と荒い声で命じられた。

尚季の性器を舐めるように眺めながら、飛月はボディタオルを口に含んだ。なにをしているのか理解するのに、しばらくかかった。気づいたとたん頭に血が上る。

「やだっ……飲むなよっ」

飛月はタオルにべっとりと付着した尚季の体液を味わっていたのだ。羞恥《しゅうち》に激しい眩暈が起こる。タオルを取り返そうとすると、ふいにグルル…という犬が威嚇するような低音がバスルームに響いた。

次の瞬間、飛月の目に変化が起こった。虹彩《こうさい》の色が変わっていく。黒から、まるで発光しているかのような琥珀色へ。

その獣性に染まった目に見据えられると、尚季は指の一本もまともに動かせなくなる。

飛月は口に咥えたタオルをしゃぶったまま、右手を自身の引き締まった腹部へと這わせた。濃い草叢《くさむら》を掻きまわしてから怒張の筋を浮かべている幹を握り締める。

自分を性対象として行われる自慰を、尚季は呆然と見開いた目に映していた。

快楽が切羽詰まっているのか、根元から先端までを扱く動きはひどく忙《せわ》しない——見ているだけで、まるで自分の性器にも同じことをされているような疼きが起こりだす。

尚季の茎がふたたび膨らみ、角度を持っていく。その様子は、飛月にはたまらないものだったらしい。

「ん…んっ！」

黒い髪を散らして、飛月は大きく身を震わせた。

白濁が尚季の身体にぴしゃぴしゃと降りかかる。熱くて濃密な液が、のったりと皮膚のうえを垂れていく感触。驚くほど大量の精を吐いてなお、飛月の性器は扱く動作のたびに白濁をたらたらと溢れさせる。

床を流れる湯に運ばれた精液が、尚季の臀部を汚していった……。

＊＊＊

ベッドがない分だけがらんとしている部屋の中央に立って、飛月は大きな溜め息をついた。

ここは尚季の父親の部屋だ。父親は多忙で、尚季が幼いころから家を留守にすることが多かったらしい。しかも海外勤務で三カ月前から不在だという。生活臭の希薄な部屋の本棚には、語学だとかビジネス系の本がぎっしり並べられているが、個人的な嗜《し》好《こう》が窺えるものは一冊もない。

　隅に置かれたデスクの椅子《いす》に腰掛けて、座部をくるりと回転させる。フローリングの床を椅子のキャスターを転がして座ったまま移動し、窓のところまで行く。カーテンを開き、ガラス戸と網戸も開いて、窓枠に両肘を乗せた。

　風が吹き込んでくる。

　秋が深まり、冬に向かいゆく空気。それが鼻腔《びくう》を通り抜けて、脳に甘い痺れを弾けさせる。

自然と熱い吐息が漏れた。火照る項を掌で擦る。

　発情期だ。

　自分に半分流れる獣の血が起こさせる、抑えがたい衝動。雌に自分の種を渡し、凍える冬のあいだに胎内で新たな生を育ててもらう。原野に花が咲くころ、子は生まれる。

　子育てしやすい春に出産のタイミングを合わせるという、極めて実利的に設定された野生の狼ならではの性欲だ。

　その仕組まれた熱に浮かされたのと、尚季に冷たくされた不安とがあいまって、我を忘れてしまった。

「尚季…」

まだしも犯さずにすんだのは、自分のなかの尚季を想う気持ちが強かったお陰だろう。

　恥ずかしいことを強いられた尚季のほうはといえば、洗面所で身体を拭いてやっているうちに我に返ったらしく、バスタオルを身体に巻いて、二階へと逃げてしまった。それからはもう、いくら尚季の部屋のドアを叩いて「ごめん」「悪かった」と謝っても、返事ひとつしてくれなかった。ドアには内側から鍵がかけてあるらしく、ノブを回しても開かなかった。

取り返しがつかないぐらい怒らせてしまったに違いない。

飛月はしおしおと項垂《うなだ》れ、頭を両手で抱えた。

……交尾をこんなにしたいのは、決して発情期のせいだけではない。これまでも毎年このシーズンになると落ち着かない熱に悩まされたけれども、今日の尚季に対するような強烈な劣情を覚えたことはなかった。

ずっと、尚季と一緒に過ごし、シーズンがきたら交尾できることを夢見てきた。

けれども人間と交尾するのは、想像していたより遙《はる》かに難しいらしい。

猟獣は雄だけしかおらず、同性だけの集団で育てられる。その際、交尾未満の性欲処理を雄同士ですることがよくある。気が合って互いに欲望があれば、それで成立する。飛月は尚季以外は欲しくなかったから誰とも関係しなかったが、幼馴染みの月貴などは睦月《むつき》という小柄な少年と頻繁に処理をし合っていた。

そんななかで育ったから、尚季が雄同士の性行為自体に強い拒絶反応を示したのは、完全に予想外だった。

そもそも、初めにエンコーという方法で誘ったのも、ひどく尚季の機嫌を損ねたようだ。

気のある相手に餌をプレゼントするのが求愛になる——それは飛月の本能からくる感覚だ。だから、それと似たような感じで、金を渡すのだと思ったのだ。人間世界の情報に詳しい月貴の話では、エンコーだと確実に交尾できるはずだった。

それなのに、嫌われてばかりいる。もう許してもらえないかもしれない。

胸がギシギシと軋《きし》む。

目の奥がやたらに熱くて痛い。

八年前、尚季の家から猟獣の施設に連れ戻されたとき、飛月はもう泣かないと誓った。泣くと、身体にも心にも力が入らなくなってしまうからだ。気持ちを張り詰めさせておかなければ、とても集団のトップであるアルファに上り詰めて、こうして尚季の家に入り浸る自由を手に入れることはできなかっただろう。

その積み上げてきたものが、いま崩れようとしているのだ。

頭皮にガリガリと爪《つめ》を立てる。指先がぬるっとして鉄の匂いがかすかに漂いだしても、飛月はその動作をやめることができない。

――クロタのときは、あんなに大事にしてもらえたのにっ。

人間の言葉を喋っているいまより、獣のときのほうがよほど魂が通じ合っていた。

言葉などというものは、便利なようでいて、ちっとも役に立たない。

気を引きたくて一生懸命話しかけても胡乱《うろん》な目で見られる。真剣に想いを告げても、うまく伝わっていかない。

口にされた言葉に惑わされて、相手の心が見えにくくなる。

これなら、獣の尻尾を千切れそうなほど振りまわしたほうが、よほどストレートに大切なことだけが伝わる気がする。

「……」

飛月はバッと顔を上げた。同じ階にある尚季の部屋のほうで物音がしたのだ。息を詰め、鋭い聴覚でもって、尚季の一挙手一投足を拾おうとする。なにか布をばさばさする音。ちょっと迷うように足音が途切れる。しばしの静けさののち、カチリと鍵が解除される。ドアの蝶番《ちょうつがい》が小さく啼く。素足に踏まれた廊下がわずかに軋む音をたてる。一歩二歩三歩……飛月は肩越しに戸口を振り返った。

「――あ」

開いたままのドアのところで、パジャマ姿の尚季が驚いたようにピタッと立ち止まる。

足音を潜めたのに飛月が待ち構えたようにドアのほうを見ていたから驚いたのだろう。気まずい沈黙ののち、尚季は警戒を張《みなぎ》らせながらも部屋に入ってきた。その腕にはキャラメル色の毛布が抱えられている。

尚季は飛月と少し距離を置いて立つと、

「夜、冷えるから」

腰が引けたまま、両手を乱暴に前に伸ばして毛布を飛月へと突き出してくる。

寒くないかと心配してくれたのだ。それだけで嬉しくて嬉しくて、喉が詰まってしまう。「ありがとう」の言葉も言えず、飛月は椅子に座ったまま――立ち上がったりしたら尚季を怯えさせるかもしれないと思ったのだ――毛布へと手を伸ばす。

と、その手を見て、尚季が目をしばたいた。

「どうしたんだよ、爪」

頭皮を爪で掻き毟ったときの出血が指先を赤く染めていた。毛布を受け取るのをやめて、手を引っ込める。

「なんでもない」

「……それ、まさか血？　こめかみの」

指摘されてこめかみに触れた。濡れている。髪の合間を縫って、血が垂れてきていたのだ。

「ちょっと待ってて」

尚季は警戒心も飛んでしまった様子、毛布を飛月の膝に投げ置くと、部屋から走り出ていった。すぐに戻ってきた彼の手には、軟膏とティッシュペーパーの箱が握られていた。

まず、ティッシュペーパーでこめかみの血が拭われる。そして、優しい手が飛月の髪を掻き分けて傷口を探し出す。引っ掻き傷に軟膏を丁寧に塗られた。

「もう引っ掻いたらダメだよ」

うっとりしていた飛月は、尚季へと顔を上げた。

輪郭も眉も唇もなめらかな線でかたち作られている顔に見とれる。

バスルームでのことを思い出したのか、尚季はふと気まずそうな表情になって、三歩ほど飛月から遠ざかった。目許《めもと》や耳朶《みみたぶ》に赤が滲むのに、飛月の本能は舌なめずりをする。

「尚季は、昔もいまも、優しいな」

「薬塗っただけで優しいとか、大袈裟すぎ……でも、昔って？　会ったことがあるって飛月は言ってたけど、やっぱり思い出せないんだ」

自分が小さいクロタなんだと言いたくてたまらなくなった。

そうしたら、大事なことをわかってもらえる気がする。自分にとって尚季でなければならない理由も、尚季のことを軽んじてエンコーを持ちかけたのではないことも、ただの性欲で尚季を欲しがっているのではないことも。

しかし猟獣の存在を一般人に口外することは堅く禁じられている。それに、自分のおぞましい正体は、尚季にだけは知られたくない。

とはいえ、これ以上の嘘をつくのも嫌だったから、飛月は口を堅く結び、ただ気持ちを込めて一心に尚季を見つめた。

「……答えたくないなら、いいけど」

ちょっと照れたような困り顔でそう言うと、尚季はくるりと戸口のほうへと身体を返した。出ていこうとするほっそりとした後ろ姿を寂しい気持ちで見送っていると、ドアのところで尚季は立ち止まった。

「さっきの飛月は酷かったけど――でも俺もなんか今日、意地悪くして……ごめん」

たどたどしい口調でそう言うと、尚季は自室へと戻っていく。

　飛月の耳は、部屋のドアに鍵がかけられる音を拾わなかった。

＊　＊　＊

　ノブが回される音を、尚季は背中で聞く。蝶番が啼くのを怖がるように、そぉっとドアが開けられる。潜められた足音が近づいてくる。尚季は壁際の自分のベッドで、壁のほうを向くかたちで横になっていた。電気を消した闇のなか、瞼を深く伏せ、飛月の気配に意識を集中させている。

　父のベッドに飛月が用心深い動きで乗ったのが、くっついているスプリングの揺れで伝わってくる。

　もしまたバスルームでのように襲われたらどうしよう、という心配はあった。しばらく緊張しながら背後を気にしていたが、飛月はおとなしくしている。

……本当のところ、飛月にどう接していいのかわからない。

　同性なのに性的欲求を向けてくる。どうして自分にあそこまでの執着を示すのか、さっぱりわからない。罪を犯しておきながら悪びれた様子もなく、自首する気もない。

　しかも、飛月は普通の人間ではないのだ。今日もバスルームで獣しか出せない種類の唸り声をあげ、眸の色を変えた。

　バスルームでのことは、すごくショックだった。自室に閉じ籠もってからはもう、憤りと恥ずかしさと混乱に、頭がおかしくなりそうで。飛月がドア越しに謝ってくるのを、頭まで布団を被って無視しつづけた。しかし、粘っていた飛月が静かになって、ドアの向こうから気配が消えると、今度は次第に不安が嵩んでいった。

　我ながら矛盾していると思う。

飛月を遠ざけようとして夕食のときに冷ややかな態度を取ったくせに、いざ飛月が退《ひ》いてしまうと、いてもたってもいられない気持ちになる。

——もしも、このまま出ていっちゃったら、どうしよう。

そう考えてしまったら、もう駄目だった。

尚季はベッドから跳ね起きて、飛月が家にいるのを確認しに行こうとした。でも、ただの確認だと知られるのは気まずいから、言い訳に毛布を持っていくことにした。毛布を渡せば、追い出すつもりがないことぐらいは伝わるだろう。

飛月は、二階奥の父の部屋にいた。

家にいるか確認して毛布を渡すだけと思ったけれども、飛月は爪とこめかみを血で汚していて、慌てて手当てをした。自分で頭を掻き毟ったらしく、かなり頭皮を傷つけていた。それがストレス——おそらく尚季に嫌われたと思ったことからくる——によるものだと、容易に推察できた。

まだ小学校低学年だったころ、尚季はよくシゲルの家に遊びに行った。そして、シゲルママのお手製のケーキやクッキーをご馳走《ちそう》になったのだが、それは嬉しい反面、自分ばかりが母親を早くに亡くさなければならなかったことへの不条理感に苛まれることでもあった。

鬱屈《うっくつ》した気持ちで家に帰ると、初代クロタが尻尾を千切れんばかりに振りながら出迎えてくれた。でもそれすらも、自分には獣しか待っていてくれる存在がないんだという哀しさを膨れ上がらせた。

クロタは唯一甘えられる家族だったから、八つ当たりしてしまったのだと思う。尚季はついてきたクロタを廊下に閉め出して、自室に閉じ籠もった。クロタはワンワン啼いて、ドアを引っ掻いた。終にはクゥーンという声を出してから静かになった。

三時間ぐらいして気が治まって部屋のドアを開け

ると、クロタは廊下で前足に鼻先を埋めるようにして蹲っていた。

「ごめん、クロタ」

謝りながら頭を撫でてやると、ふいに手が濡れた。掌を見ると赤いものが付着している。尚季はびっくりして、クロタの耳の後ろあたりの毛を掻き分けた。そこには無数の掻き傷が刻まれていた。後ろ足で何度も引っ掻いたのだろう。クロタは立ち上がると、尻尾を足のあいだに垂らしたまま、尚季に鼻先を擦りつけてきた。

なんだか胸がすごく痛かった。頬をポロポロと流れる涙を、クロタの大きくてざらりとした舌が舐めてくれる。尚季はクロタの首にぎゅっと抱きついて、黒い毛に窒息しそうなほどどきつく顔を埋めた。

……項に圧迫感を感じて、尚季は思い出から引き戻される。


いつの間にか、飛月が背後から身体を寄せ、尚季の項に額を押しつけていた。髪が皮膚に当たる感触がくすぐったい。

懐かしいぬくもりと感触に、尚季は優しい溜め息をついた。

4

バスが乱暴に角を曲がったから、尚季は重心を崩して横に立つシゲルにぶつかった挙句に、思いっきり足を踏んでしまった。飛月のことを考えてぼんやりしていたから、突然の遠心力に対処できなかったのだ。

「ごめん、シゲル」

「いいケド。なんか尚季、ここんとこぽやぽやしてるよなー」

指摘されて、どきりとする。

「そんなことないよ」

「もしかして、こないだのストーカー男のことでお悩みとか？」

「あれはもう解決済み」

「そーなんだ？　じゃあ、まさかカノジョとかできて、俺より先に童貞卒業を目論《もくろ》んでるんじゃ……」

と、シゲルのぼそぼそ声に、背後に立っている同じ学校の制服を着た女の子たちの高い声が被さった。

「ねぇねぇ、そーいえば最近、通り魔出てなくない？」

「あ、そーかも。前のって一カ月ぐらい前だよね」

「そのぐらい。で、どうゆうことになったわけ？　逮捕とか聞いてないよね」

「うん。聞ぃてない」

「ってことは、普通にうろちょろしてるのかな。こわー」

その会話に、尚季の項は冷たくなる。

通り魔が出るわけがない。連続通り魔事件の犯人、ナカムラヤスオは三週間前に死亡したのだから。そして、そのナカムラヤスオを手にかけた人間は、尚季とともにいる。

ニュースではナカムラヤスオは野犬に首を噛まれ

たのが致命傷になったと報道されていた。そう。確かに獣の牙で嚙まれたのだろう。

——飛月の牙で。

飛月とともに暮らすようになって三週間。

尚季はいまや、飛月の目の色が変化することや、興奮すると犬歯が鋭くなることを、現実として認めていた。

そのこともあって、自首させなければならないという気持ちは激減していた。あんな異常体質では、捕まったらきっと実験動物扱いされる。人間として妥当な裁きを受けることはまず無理だろう。

飛月のことをごく自然に心配している自分がいる。

そして——飛月を奪われたくないと思っている自分がいる。

またひとりぼっちになりたくない、という気持ちは少しずつ、飛月と一緒にいたい、という気持ちへと塗り替えられていった。


家に帰ればかならず飛月がいてくれる。真夜中でも目を覚ませば、すぐ横に彼がいる。人と一緒に食べる食事は、胃だけでなくて心も満たしてくれる。

——この生活を奪われたくない。

間違っているのを承知で、そう思うようになってしまっていた。

バスを降り、シゲルと別れて自宅に通じる道へと入っていった尚季は足を止めた。角から五軒目の家——尚季の家だ——の前に、人影があったのだ。

ふたり。金髪の白人らしい背の高い男と、その肩口ぐらいの身長の少年だ。

たまたま立ち止まって話しているだけかもしれないが、尚季は警戒しながらゆっくりと歩を進める。

彼らの横を擦り抜けて門に手をかけたところで、背後から肩をやんわりと摑まれた。

振り向くと、金髪の青年が華やかな笑顔を浮かべていた。テレビで見たことのある西欧の貴族を彷彿《ほうふつ》とさせるノーブルな美貌《びぼう》の持ち主だ。目は緑青色で、虹彩の紋様は宝石を砕いて散りばめたよう。やわらかな癖のある髪がほどよい崩れとなって甘みを醸しだしている。

「飛月を知っているね」

見た目に反する流暢《りゅうちょう》な日本語で青年に問われた。

尚季は露骨にビクリとしてしまう。

警戒の眼差しを、素早くふたりに走らせる。白人青年も、連れの焦げ茶色の目と髪をした尚季と同い年くらいに見える少年も、少なくとも警察の人間ではないだろう。

いったい彼らは何者で、どうして飛月を知っているのか。

尚季は小首を傾げてみせた。

「飛月って？」

すると、白人青年はくすりと笑った。

「知らんぷりしてもダメだよ。ここにいるのはわかってるんだ」

「俺は本当に——」

嘘を重ねようとする尚季の唇に、青年は人差し指をそっと乗せてきた。驚いて硬直すると、彼は軽く顎を上げて、高い鼻でくんと大気の匂いを嗅いだ。

「飛月の匂いがする。君の匂いと混ざり合って……一緒に生活してるんだね」

尚季が言葉に詰まっていると、やや長めのサイドの髪にフェイスラインを包まれた、勝ち気そうな顔立ちをした美少年が門の横に取りつけられているインターホンを押した。

「何度も押してんのに、飛月、出てこないんだもん。いるの、匂いでわかるのにさ」

少年もまたツンとした愛らしい鼻で匂いを嗅ぐ。

ふたりのその仕種は、飛月がなにかというと匂いを嗅ぐ様子と酷似していた。尚季にはわからない方法で情報を拾っているような。

尚季は門の前に立ちはだかるかたち、ふたりに向けて身体を返した。

「あなたたちは、なんなんですか？　飛月にどんな用ですか？」

飛月を自分から引き剝がしにきたのかもしれない。警戒を滾《たぎ》らせる尚季に、

「ああ、失礼。そうだね、まずは自己紹介をしないと」

白人青年が、女性だったらひと目で蕩《とろ》けてしまうに違いない笑みを浮かべた。

「俺はカノウツキタカ」

完全な日本名なのに違和感を覚える。

美少年のほうも、人をちょっとバカにしたみたいな表情で自己紹介した。

「僕はカノウムツキ」

「…カノウって」

狩野なら、飛月と同じ名字ということになる。

「飛月は俺たちと一緒に、施設で育ったんだよ」

「施設で、一緒に」

それなら、飛月の身体の秘密のことも知っているのだろうか？

でも本当のことを言っているとも限らない。第一、もしそうなら飛月が居留守を使っているのはおかしいのではないか。

逡巡《しゅんじゅん》していると、背後で玄関ドアが開かれる音がした。

スエットの上下を着た飛月が、むっつりとした顔をしている。

「連絡は取れないし、ここを探すのに苦労したよ」

ツキタカが苦笑含みに言うのに、飛月は面白くなさそうに鼻を鳴らした。


尚季の家のリビング、ローテーブルを囲んで飛月

と月貴と睦月はラグにじかに腰を下ろしている。

狩野月貴と狩野睦月は、確かに飛月とかなり親しい関係のようだった。

それにしても、飛月はワイルド系、睦月はアイドル系、月貴はプリンス系と三者三様にレベルの高い外見をしている。それが揃《そろ》って見慣れた生活空間にいるのは、なんとも変な感じだった。

インスタントコーヒーを注いだコーヒーカップをみっつローテーブルに並べると、

「尚季はここな」

飛月が自身の横のラグをポンポンと叩く。交ざっていいものかと躊躇いつつ、尚季はソファの脚に背をくっつけるかたち、飛月の横に膝を抱えて座った。

いきなりの来訪には驚かされたけれども、これは飛月のことを知る絶好のチャンスだ。尚季は飛月のバックグラウンドをほとんどなにも知らない。ちょっとした会話のなかに親兄弟の話が出てくることすらなく、職業や経歴を訊ねても適当に流されるばかりだったのだ。

それに……月貴と睦月が施設で一緒に育った飛月のことを親身に考えてくれるような人たちならば、飛月が犯してしまった罪のことも、もしかしたら相談できるかもしれない。

それで、三人の会話にアンテナを張っていようと思ったのだが。

月貴に緑青色の眸をまっすぐ向けられた。

「由原尚季くん、だね」

「え、はい」

「十七歳の高校二年生」

頷く。初対面の人に自分のことを摑まれているのは、落ち着かない感じだ。

「彼が、飛月がずっと言ってた例の子か？」

月貴に訊かれて、飛月が頷く。

——例の子って？

さっぱりわけがわからない。困惑した視線を巡らせると、睦月と目が合った。勝ち気そうなラインの眉がひょいと上げられる。

「ってことは、もう飛月とやったんだ？」

「やったって？」

「とぼけるなよ。セックスに決まってるだろ」

「な…」

咄嗟に否定しようとしたけれども、バスルームでされてしまったことが思い出されて、尚季は言葉に詰まったまま赤面してしまった。

その尚季の様子が、月貴をも勘違いさせたらしい。

「そうか。長年の悲願が叶ってよかったね、飛月」

飛月がまた否定せずに照れ笑いっぽい表情を浮かべたりするから、勘違いが確定されてしまう。

できれば訂正したかったけれども、初対面の人たち相手にセックスをしたのしてないのと説明するのも妙な気がして、尚季は軽く下唇を噛んで沈黙した。

月貴はしばし祝福の眼差しを飛月と尚季に注いでいたが、コーヒーをひと口飲んでから、やや厳しく表情を引き締めた。

「三週間も蜜月《みつげつ》を味わったんだ。そろそろ、仕事のほうに復帰してもらわないとね」

月貴の言葉に、飛月の顔から緩みが消える。

「最近の飛月が空けた仕事の穴は俺と睦月で埋めてきたけど、いい加減、限界だ」

飛月が顔を曇らせて黙り込む。ピリピリした静けさが落ちる。

その空気に耐えられなくなった尚季は、おそるおそる口を挟んだ。

「あの…仕事って、なにをやってるんですか？」

訊ねると、月貴が表情を和らげて教えてくれる。

「俺たちは国から任されて、特殊な仕事をしているんだよ」

意外な答えだった。

「国家公務員じゃないけどエリートなの、僕たち」

睦月が言うのに、さらに驚く。

「えっ、君も仕事してるんだ？　俺と年変わらないんじゃ……」

「ぽや〜っと高校生やってられるの、ありがたがればっ？」

「睦月、口が悪いよ」

月貴に窘《たしな》められて、睦月が唇を尖らせる。

「こんな凡庸なヤツが飛月の本命だったなんて、かなりショック」

なまじ可愛らしい顔をしているだけに、睦月の言葉は威力がある。

――……このなかだと最下位かもだけど、俺だって女の子から告白されたりするし。

心のなかでプライドを慰めていると、急に飛月が腰を抱いてきた。

「尚季は世界中で一番、可愛くて優しい」

なにを言い出すのかと、面食らう。

「俺が怪我したら、ちゃんと心配して手当してくれる。料理も、たまに失敗するけど、それでもすごく上手《うま》い。顔だって、俺の理想そのものだ。この綺麗な茶色い目を見てるだけで幸せになれる。唇は見た目はそんなに厚くないけど、キスすると本当にやわらかくて気持ちいい。肌はすべすべしてて、どこもかしこも舐めまわしたくなる。ペニスも普段は皮を――」

尚季はなかば殴るように拳で飛月の口を塞《ふさ》いだ。

月貴は肩を震わせて笑っているし、睦月は呆《あき》れたようなバカにしたような顔をしている。

……恥ずかしくて嫌なのに、なんだか胸がやたらに温かくなっていた。

「飛月は本当に尚季くんに夢中なんだね」

まだ笑いを目許に滲ませたまま月貴が言う。

「君がお説教してくれれば、飛月も素直に仕事に戻ってくれそうだ」

そんなふうに言われたら悪い気はしない。

尚季は飛月に視線を向けた。

「ちゃんと仕事しなよ。大人なんだから、人に迷惑かけたらダメだって」

飛月の目がふいに暗くなって、揺らいだ。

尚季の拳を飛月の大きな手が包み、口許から外す。

「本当に、仕事してほしいのか？」

「え？　——うん」

なんにしても、いつまでも家でダラダラする生活をしていていいわけがない。

それに、国絡みの特殊な仕事——ブラックカードを所持しているのも、そのためなのだろう——に携わっているのなら、もし飛月の異常体質や、自分を守るためにしてしまった人殺しが発覚しても、特別な考慮がなされるのではないか。そんな希望的観測を立てられて、少し心が軽くなっていた。


自分は学校に行き、飛月は仕事に行って、このまの共同生活を続けていけたら、どんなにかいいだろう。隠避《いんぴ》の罪は暗くまとわりつきつづけるのだろうけれども……。

「わかった。尚季がそう言うなら、仕事に復帰する」

飛月がきっぱり言うと、月貴が眉を開いた。

「よかった。このままだとアルファを剝奪《はくだつ》されかねなかったからね。さっそく仕事が二件入ってる。明日から行けるね？」

「場所は？」

「札幌《さっぽろ》」

「一週間もあれば片付くか」

——え…、一週間？

出張があるような仕事だとは思っていなかった。父と同じように、飛月もまた頻繁に帰ってこないようになるのだろうか。

その事実は、かなり尚季を気落ちさせた。

月貴と睦月が帰ったあと、具がたっぷり入った焼きソバを作って飛月と食べ、交互にバスルームを使ってから並べたベッドに横になるまで、尚季の気落ちは続いていた。

部屋の明かりを消した暗がりのなか、飛月に弱い声で訊ねる。

「明日、何時の飛行機って言ってたっけ？」

「十一時発だ。尚季が家を出てから行く。そうだ、合鍵はポストのなかに入れておくな」

その言葉に、胸に穴が空いたみたいになる。

「……鍵、持っていっていいよ」

「でも、なくしたら困るだろ」

「いいから持ってけよ」

「帰ってきたら、また渡してくれればいい」

飛月はわかっていない。

――合鍵なんて返されたら、もう帰ってこないみたいじゃないか！

これからの一週間、きっと不安になる。飛月がもう二度と帰ってこないのではないかと、日に何度も何度も思うのだろう。

なんだか泣いてしまいそうで、尚季はわざと大きな寝返りで飛月に背を向けた。

「尚季？」

繋げられたベッドから振動が伝わってくる。飛月が尚季のベッドへと体重を移すのに、尚季は逃げるように端に身を寄せる。壁に額をぐっと押しつけた。

飛月が後ろから身体をくっつけてくる。

「なんで怒ってるんだ？」

「怒ってない」

「嘘つけ。怒ってる匂いがする」

首筋の匂いを嗅がれる。尚季はカッと頬を熱くして、飛月を後ろ手で押し退《の》けた。仰向けに身体を転がし、闇の濃淡だけしかわからないなか、飛月の影を涙目で睨む。

「どこでも、何週間でも、勝手に行けばいいだろ！」

「仕事をしろって言ったのは、尚季だろ」

「飛月なんか帰ってこなくたって、俺は全然平気だから」

沈黙が落ちる。暗闇で黙られてしまうと飛月がなにを考えているのか全然わからなくて、どんどん不安になっていく。

「なんか喋れよ」

文句を言うと、飛月が震える溜め息をついた。

「――――尚季は、俺のこと嫌いか？」

「……」

「俺なんか、いらないか？」

飛月はずるい。

そんな泣きそうな声を出されたら、意地を張っているる自分のほうが悪い人間みたいだ。尚季は目を大きく揺らした。そして、少しだけ素直に、小声で言ってみる。

「…そんなこと言ってない。でも……飛月が帰ってきてくれない気がする」

言いながら、自分は飛月のことを好きになってしまったんだと、じわじわと実感する。

凶暴なのに、自分にだけは懐いてくれる大型犬みたいで。

もう大切なものは作りたくないと頑なに張り巡らせていた心の壁を、飛月は力技で乗り越えた。その強引さすら、思い返せば、嬉しさに鼓動が跳ねる。

とても好きだから、いままでのいろんなことのように距離を置けない。

諦められない。

離れるのが、怖くてたまらない。

自分が恋に落ちてしまったことに、泣きたくなる。

「ちゃんと帰ってくる」

飛月の吐息が頬にかかる。見えないけれども、ずいぶんと近いところに顔があるらしい。

もう意地を張れなかった。

「信じたいけど、信じられない。だって、俺と飛月を繋げるものなんて、なんにもないじゃないか」

なかば泣きじゃくる声になってしまう。

大きな手が尚季の頭に触れてくる。そっと髪を撫でられる。

「尚季」

飛月の吐息がさらに近くなったようだった。

「それなら、俺と尚季を繋げる絆《きずな》、作ってみるか？」

「……きずなを、つくる？　……ん」

唇にやわらかく蓋をされる。そこから温かな痺れが拡がっていく。この感覚を知っている。前にもバスルームで飛月に与えられた——。

唇をきつく啜られると、いやらしいような音がたった。一気に恥ずかしさが膨らんで、尚季は覆い被さっている男の広い肩を手探りで摑み、押した。唇が離れる。

「ちょっと待て、よ——絆、って」

待てと言っているのに、飛月が本格的に圧し掛かってくる。仰向けになっている尚季の身体に、大きな身体が被さる。潰されてしまいそうな男の重みと、布越しにも伝わってくる熱い体温に、尚季の心臓は怖いほど動きを速めた。膝のあいだにしっかりした腿《もも》が割り込んでくる。

「飛月…や…」

首筋を舐め上げられる感触に、尚季はきつく肩を竦めた。

舌が耳朶《じだ》を這い、荒い呼吸が耳腔《じくう》に吹き込こまれる。

「セックスしたい」

あまりにストレートな要求に、身体中の肌が粟立《あわだ》った。

「……したって、そんなの絆にならな――手、入れるなよっ」

パジャマの上衣《うわぎ》の裾から飛月が手を突っ込んできていた。脇腹の素肌を忙しなく撫でまわされる。触れられている皮膚が火照るのは、ただ摩擦熱のためだけだろうか？　自分の身体なのに、よくわからない。飛月の腿を挟んでいる脚が緩んでしまうと、下腹がぴたりと重なってきた。

劣情の強張りが、尚季の腰骨のあたりにグッグッと押しつけられる。

「絆になる」

怖いぐらい荒い呼吸が耳を打つ。

「俺は尚季とできたら、一生それを忘れない……だから、俺を尚季のものにしてくれ」

「――――俺の、もの？」

どう考えても飛月が行為の主導権を握るのだろうから、こういう場合は、尚季が飛月のものになる、というのが普通な気がするけれども、飛月の言い方に不思議な安堵感が生まれた。

一方的に男の性欲に翻弄《ほんろう》されるのではない。

飛月を得るための意味ある行為なのかもしれないと思えたのだ。

脇腹を這いまわっていた手指が、するりと胸元へと上がってくる。

すぐに右胸の乳首を探り出されてしまう。人差し指と中指に皮膚を挟まれて、乳首を押し出される。重なった身体がずれる感触。

「…ぁっ」

パジャマの布地越しに、乳首をやんわりとした感触に擦られて、尚季は慌てて自分の胸に乗っているものに両手をやった。芯のある髪が指に絡みつく。飛月が胸を舌で愛撫しているのだと理解する。舌の動きが次第に忙しなくなっていき、胸の部分の布がぐしょ濡れになっていく。濡れた布ごと乳首を口に含まれて、吸いたてられた。

なんだか怖くなってきて、心が揺らぐ。

「ふ、ぁ――まだ、まだするなんて…俺、言ってな……え?」

尚季の胸にしゃぶりついたまま、飛月の両手はいつの間にか尚季のパジャマのズボンの腰を摑んでいた。ずるっと衣類を腿のなかばまで下ろされる。下着も一緒に下ろされたらしい。性器が外気に晒されるのを感じて――そこが火照ってしまっているのを自覚する。

「な、なに勝手に進めてるんだよ」

脚をばたつかせると、両腿をがっしりと摑まれた。胸から刺激が去る。

飛月は尚季の脚のあいだに座っているようだった。もし明かりが点いていたら、裸の下肢を開いた、とても恥ずかしい姿を晒してしまっていただろう。

「可愛いな、尚季は。胸だけでこんなになって」

「え…」

「勃ってる」

嬉しげに呟くと、飛月はまるで見えているかのように素早く、尚季の包皮からわずかに顔を出している切っ先にピンポイントで舌先を押しつけてきた。溝に埋まっている小さな孔《あな》を舐められて、尚季はみっともなく身体をビクつかせる。

「やっ…飛月――見えてる?」

「見えてない」

いったん唇を離してから、今度は茎の根元の左右の膨らみを交互に口に含んで吸われた。そこから口が離れたと思ったとたん、また敏感な先端が濡れた。強い舌先で弾かれる。尚季は飛月の頭を探り当てて、ぐうっと退けた。

「嘘だっ、絶対見えてるだろ。俺ばっかり恥ずかしいの、ずるいっ」

「じゃあ、ずるくないように俺のことも見るか?」

次の瞬間、青みがかった薄い光が降りそそぐ。飛月がカーテンを開けたのだ。

「今日は満月だから、明るいな」

窓の向こうの月を見上げて、飛月はまるで太陽を直視しているように眩しげに目を眇める。そして、彼は尚季の淫らに開いてしまっている脚のあいだに座ったまま、自身のスエットのシャツの裾を摑むと、乱暴に引き上げた。

引き締まった腹部、筋肉で張った胸板が露になる。シャツの首から頭を抜くと、飛月は膝立ちして尚季を見下ろした。乱れた黒髪の下から覗く、欲情に濡れた双眸。飛月の手がスエットのウエストを摑む。下着と一緒くたに下ろそうとして、なにかに引っ掛かったように少し手間取った。前の部分を引き伸ばし、ようやく衣類を下げる。

「……っ」

飛月のものはすでに完全に勃起していた。

尚季はそのあられもない凶暴な器官から慌てて視線を外す。

男同士でセックスをするのがどういうことか知識としてはわかっているけれども、なんだか頭の芯がぼんやりしてしまって、現実のことと思えない。

尚季が惑乱に嵌まり込んでいるうちに、飛月は全裸になると、尚季の脚からも衣類を抜いてしまう。パジャマの上衣の裾を摑まれて、薄い胸部が露になるほど捲られる。胸の左右の粒を軽く摘ままれて、指先で優しく捏ねられる。

怯えを孕んだ目を、尚季は所在なくうろつかせた。

これから本当にセックスをするのだ。身が竦んでしまい、可愛げのない強気な言葉のひとつも吐けなくなってしまっていた。

飛月の手が膝裏を摑んでくる――と、身体がずるりと引きずられた。腰が高く上がっていく。尚季はびっくりして、両手でシーツを摑んだ。

「な、なにっ」

座っている飛月の肩へと腿を乗せさせられる。尚季は後頭部と肩だけをシーツにつけて、なかば逆立ちする苦しい姿勢を取らされた。宙で飛月の顔を跨《また》ぐかたち、恥部を差し出している。

尚季の見ている前で、飛月は性器を口に含んだ。

「いやだ、ぁ、あ」

よりによって、こんな恥ずかしいやり方をするなんて、酷い。

酷いと思うのに、尚季は施される口淫《こういん》から目を離せない。飛月の肉厚な唇に、自分の茎が根元から先端まで扱かれ、伸ばされる。熱く濡れた口腔。絡みついてくる舌。きつく絞めつけてくる唇の輪。尚季の性器はとろとろに蕩ける感覚とは裏腹に、充血してどんどん硬くなっていく。

震える腿で、ぎゅうっと飛月の頭を挟んで締めつけた。

「んーっ…ん、んっ」

甘ったるく喉が鳴って、尚季は口に手の甲を押し当てる。自分の吐息が熱い。

飛月はそんな尚季を観察して、目許で満足げに笑った。大きな手が尾骶骨《びていこつ》を弄《いじ》り、そのまま背中を撫でまわしてくる。荒っぽいその仕種に、尚季の身体は頼りなく揺れた。

頭が下になる体勢と羞恥とで、顔は真っ赤になっているに違いなかった。頭がぼうっとする。酸欠になっているみたいだ。

ようやく性器から刺激が去って、尚季は震える唇で深く呼吸しようとしたが。

「……あっ、やめ——やだっ、や、ぁ」

宙に浮いた脚がビクビクと跳ねる。双丘の底の蕾《つぼみ》に舌がもぐり込んできていた。

「なか…舐め、るな、よぉっ」

訴えながら、尚季はなんとか舌を抜かせようと細腰を捩《よじ》り、臀部を振る。しかしそんな抵抗などものともせず、飛月は強い指で窄まりを押し開いた。無防備な蕾を熱い舌でぐずぐずに犯されてしまう。舌はときおり抜けて、蕾の周囲を忙しなく舐めまわした。

——頭、おかしく…なる…っ。

と、朦朧《もうろう》とする尚季の視界で、ツ…と透明な雫が糸を引きながら落ちた。

自分の勃起の先端から、それは溢れていた。まるで後孔《こうこう》への愛撫が悦くてたまらないというように、次から次へと蜜が滴り落ちる。

「尚季のここ、開いてきた——ほら、指が入る」

濡れそぼった蕾に、つぷりと指を挿された。太い指にねっとりと粘膜を押し拡げられて、尚季は泣くみたいに胸を引き攣《つ》らせた。「痛い…っ」と訴えても飛月は指を荒くくねらせるのをやめてくれない。終には淫らな場所のように、後孔は節のごつい三本の指をなんとか咥えた。

体内から指が引き抜かれると、そこは小さく口を開いたままヒクンヒクンと戦慄く。

ようやく肩から脚を下ろされる。

唯一身につけているパジャマの上衣は、捲れ上がって首元でくしゃくしゃに蟠《わだかま》っていた。汗を刷いた肉の薄い裸体を、月明かりに照らし出される。その身体に深く男の影が落ちていく。

股関節の壊れた人形みたいに、男の手で無惨に脚を開かれる。会陰部に、濡れた硬いものが荒く擦りつけられる。体内に通じる窪《くぼ》みに、切っ先が押しつけられた。その一点へと重く力が籠められる。

「あ」

尚季はうつろだった目を見開いた。

背骨を冷たい炎で炙《あぶ》られるような激しい痛みが脚のあいだから拡がっていく。

「い、痛いっ、痛……飛月、ぁ、あ、…っ」

「尚季、もっと力抜いて、俺のを――」

痛みに震えている蕾を先端の張りが突き抜けたとき、尚季は大きく身体を跳ねさせた。

「うぅ…」

たぶんまだ半分も入っていないのに、苦しくてたまらない。

飛月は動きを止めて、尚季の涙に濡れた頬を舐めた。

宥める手つきで頭を撫でられる。

不安定な呼吸を継ぎながら、尚季は飛月を弱々しく睨んだ。

「――痛いって、言ったのにっ」

「ごめん、尚季」

謝りながらも飛月の腰がむずむずと蠢く。腰を動かしたいのを堪えているのが伝わってくる。

「……初めて、なんだからなっ…もっと優しく、しろよ」


アクロバティックな体勢でいやらしい前戯を施された挙句、こんなふうに息をするのもつらいほど太い雄を体内に挿されているのだ。

痛いし、恥ずかしいし、男としてあまりに情けない。

また涙が出てきてしまう。

「ごめん。本当にごめんな。俺、尚季とできるの……夢みたいで」

慌てた手つきで尚季の涙をゴシゴシと拭いながらも、その声は興奮と快楽に上擦っている。

「痛くないようにしてやりたいけど――――俺も初めてだから、余裕ない」

「…えっ?!」

思わず大きな声を出してしまった。

飛月ほど恵まれた容姿をしていれば、女でも男でも食い放題だろう。それが二十六歳まで体験したことがないというのだ。

さっきの過激な前戯の仕方といい、そんなことはとても信じられない。

「嘘、つくなよ」

「嘘じゃない」

飛月が我慢できなくなったように、繋がりをじりじりと深めてくる。内壁を圧迫され逆撫でされる感覚に、尚季はきつく眉根を寄せた。息が乱れる。

「…だって……だって、飛月、慣れて…る」

「それは、尚季とどうやって交尾するか、ずっとずっと考えてきたからだ――」

交尾。その言葉が相応しいほど直情的な動きで、飛月は初めての行為に困惑して閉じようとする粘膜を攻めはじめた。ひと突きごとに、至る場所が深くなる。

「いたいっ…ぁ、あっ、そんなに深いの――無理、っ」

「もう少しで全部入るっ」

本気で余裕がない様子、飛月は両手を尚季の臀部に回してきた。犯されて強張っている肉薄な尻朶《しりたぶ》に十本の指が食い込んできて、滅茶苦茶《めちゃくちゃ》に揉みしだく。ほぐされた臀部が震え、下肢が弛緩《しかん》していく。

「ん…」

「尚季は尻が弱いんだ？　なか、熱くなってきてる」

緩んだ双丘を掌でグッと左右に分けられれば、貫かれている孔がさらに開いてしまう。それに乗じて、飛月は一気に根元まで沈めてきた。

「ぁ、ああ、や…ぁ！」

頭の天辺《てっぺん》まで衝撃が走る。

まるで「待て」を解かれた犬のように、飛月は尚季の身体にがむしゃらに喰らいついてきた。

喰らわれる尚季のほうは、息もまともにできない。

「う、う…ふっ、ぁ」

尚季は自分のうえで腰を振る男の肩へと、たどたどしく手を這わせた。張り詰めた筋肉に、飛月がどれほどの快楽を覚えているかが伝わってくる。

飛月が自分の身体で気持ちよがっているのだ。それがわかったら、熱くて痛いばかりの粘膜に、ぞくりとした疼きを覚えた。

「あぁ、く……尚季のなか、俺のにまとわりついてる……可愛い、顔も身体もぜんぶ可愛い、尚季」

尚季の狭い粘膜に動きを妨げられてリズムを崩しつつ、飛月が懸命に腰を使う。そうしながら、何度も何度も尚季の頬や額や唇に熱い唇を押しつけてくる。

……理屈ではなく、感覚で、本当に飛月も初めてなのだとわかった。

すごくつらいけれども、少しでもやりやすくしてあげたい気持ちが湧いてくる。尚季はみずから、紅潮した腿を大きく開いた。膝を立てて、シーツを踏み締める。

角度が合って、飛月の腰の動きがなめらかになる。その分、内壁を激しく摩擦されて、尚季は涙ぐんだ。

「ぁ、尚季、すごくいい——っ」

ふたりで息を弾ませて、ひとつの行為をしている。

これまで味わったことのない種類の愛《いと》おしさが、胸の底から滾々《こんこん》と湧き上がってくる。

飛月の手が重なった腹部のあいだへと這い込み、尚季の茎を慌ただしく摑んだ。手指にくるまれて、自分のものがぬるぬるになって勃っているのを知る。

「ひ、っう…」

快楽と呼んでいいのかすらわからない衝撃が身体を駆け巡る。

救いを求めるように飛月を見上げた尚季は、息を止めた。

抽送の動きに合わせて、飛月の眸に金色の光が走っていたのだ。……そういえば、バスルームで自慰をしたときも、飛月の目は琥珀色に染まっていた。

金色の煌きが、飛月が感じている快楽を剝き出しに教えてくれる。

「尚季、もう…っ」

ついに飛月の双眸が完全な琥珀色を宿す。その猛々《たけだけ》しい美しさに、尚季の頭の芯は激しく痺れた。火照る肌から細かな汗が噴き出す。飛月を呑み込んでいる場所がぎゅうっと狭まっていく。

「そんなに…尚季っ、なかに…なかに出すからなっ……ぁ…んんっ…」

飛月は腰をきつく尚季の脚のあいだに押しつけると、ビクンッ…ビクンッ…と全身を震わせた。

身体の奥深くに生殖の液を止め処《とど》なく流し込まれていく。

そのなまなましさに煽られて、尚季もまた快楽の頂で白い蜜をしとどに零していった――。

5

建物のあいだの細い路地、濡れたアスファルトを四つ足で踏んでいく。

雨の降る夜。闇に溶けかけた大きな身体の表面を覆う黒い毛は濡れそぼっている。右前足に刃物で切られた傷がぱっくり口を開いているため、そこに体重をかけないようによたつく歩き方になる。長い尻尾を揺らしてバランスをとる。

いつもなら多少の傷を受けても仕事を成功させた昂揚感《こうようかん》に付け根から立ち上がる尻尾が、しかしいまは深く垂れている。

気持ちがひどく落ち込んでいた。

血の匂いがうとましい。前足から溢れる自分のものと、口許をべっとり濡らしている人間のもの、ふたつの匂いが混じっている。

――昔はこんなふうに、血が嫌でたまらなかったっけな。

血も争いごとも嫌いで、そのせいで実験体に回されそうになったほどだ。

そんな飛月が血と闘争を厭《いと》わなくなったのは、もう一度、由原尚季のものになりたかったからだ。ひとつひとつの仕事をこなすことは、尚季に確実に近づいていることを意味していたから、残虐な仕事をこなすことはむしろ悦《よろこ》びに繫がっていた。

路地奥に隠し置いた、衣類の入った鞄《かばん》へと辿り着く。

すぐに人型に形態を変えようとしたが、傷の痛みが酷く、治まるのを待つことにする。ここのところ、急速に身体にガタがきていた。長いこと無理を重ねすぎたせいだ。

身体だけではない。精神もまた、獣でいるときのほうが楽になってきている。


どっしりとした獣の身を伏せ、前足に顎を乗せる。路地の向こうに見える道には、街路灯の光が灯《とも》っている。その等間隔で立っている街路灯を、幾度か角を曲がりながら三百メートルほど辿っていけば、地面に仰向けに横たわる男がいる。その首は獣の牙によって深々と抉られている。

――あいつは死ぬべき罪人だったんだ。

誰かに言い訳するように心で呟く。

強盗殺人二件の前歴がある男だった。ひとり暮らしの老人をターゲットにする卑劣な犯行で、懲役三十八年を求刑されたが、例のごとく刑務所不足によって十年ほどで出所した。保護観察がついているが、それすらもまともに機能していない。男は監察官と音信不通になり、北の地へと渡った。そしてふたたび、強盗殺人を犯したのだった。

しかし、警察は犯人を突き止めながら、今回は手錠をかけなかった。そして、猟獣による処理を依頼してきたのだった。

『更生の余地なし。かといって死刑が認められていない以上、私刑による死を』というわけだ。

日本の治安回復のため、更生の余地のない前歴者の死刑執行に猟獣は極秘裏に使われてきた。

人間が人間を殺しているのが発覚したら大事《おおごと》になる。しかし、野犬が人間を嚙み殺しても、問題はない。

もし殺害現場が見つかったところで、猟獣を野犬として始末すればすむことだからだ。猟獣には狼の遺伝子が使われているが、野犬と狼の違いがわかる一般人などそうそういない。……尚季を守るために処刑リストに載っていた通り魔犯を殺害したときは、完全に獣化する間がなくて人型のまま口だけを変化させて処刑を行ったが、本来そのやり方は堅く禁じられていた。

ターゲットが凶悪犯罪者なだけに、凶器を所持していて返り討ちに遭うことも多い。今日のターゲットもナイフを振りまわしたため、前足を負傷してしまった。

人の命を狩る代償に、猟獣たちはいつも己が命を危険に晒している。

口許を汚す血が雨と混ざって、生臭い匂いをあたりに拡げる。

——こんな姿、死んでも尚季には見せられない。

飛月はゆっくりと深呼吸を繰り返し、心と身体の緊張を緩めていく。骨がメリメリと音をたてて、かたちを変えだす。骨にまとわりつく筋肉や筋が熱く痛むのに、息を止める。指の骨がぐうっと伸びて、皮膚を破きそうに内側から突っ張る。体表から毛が溶けるように消えていく。

獣から人間へと変化するこの時、魂のかたちまで変わるような気がする。

獣から人間へ。人間から獣へ。死ぬ苦痛と生まれる苦痛を同時に味わう。

激痛が波を描きながら引いていく。飛月は素肌を叩く雨に、ぶるっと身震いした。寒い。獣の被毛を失ってしまうと、晩秋の雨は無数の針のように冷たさを体内に刺し込んでくる。

服を出そうと鞄を開けた飛月はしかし、衣類ではなく携帯電話へと手を伸ばしていた。番号を打ち込んで、携帯を耳に押し当てる。ほとんどワンコールで電話が繋がる。

「…俺」と言えば、『うん』と照れたような声が返ってくる。尚季の声を聞いただけで胸が熱くなる。

『今日の仕事、終わったんだ？』

「ああ」

『お疲れさま』

「……ん」

なぜか、涙が出てきた。

飛月は素っ裸の大きな身体を腰と膝で折り畳み、建物に背を凭せかけた。雨に打たれながら、携帯電話を痛いほど耳に押しつける。

『飛月…なんかあった？』

「いや、ちょっと疲れてるだけだ」

『そっか。なら、今晩はしっかり休まないと――そっち、寒い？』

飛月は狭い路地から空を見上げる。狭く切り取られた空から闇が重く圧し掛かってくる。涙と雨が混ざり、口許にこびりついた赤い汚れを洗い流していく。

「……ああ、寒い。すごく」

『じゃあ、面倒くさがらないでホテルのバスタブに熱いお湯溜めて、ちゃんと温《あった》まってから寝なよ。飛月は寝相悪いから、布団はしっかり肩までかけて』

「尚季」

『それと――うん、なに？』

「好きだ」

『……』

しばしの沈黙ののち、尚季がぼそぼそとした声で言ってくれる。

『あの…帰ってくるの、待ってるから』

おやすみ、と言い合ってから、携帯電話を切る。

尚季と喋れたら、充電されたみたいに指の先まで力が入るようになった。

飛月は鞄のなかから衣類を取り出して素早く身につけた。肘のうえのところの傷には殺菌スプレーをかけて、きつく包帯を巻いておく。ショートブーツに足を突っ込み、羽織ったパーカーのフードを深く被る。鞄を肩に引っ掛けて、路地奥から歩きだす。

パトカーの音が聞こえてきていた。もしかすると、もう強盗殺人犯の遺体が発見されたのかもしれない。

けれど、追われるべき「野犬」はすでに存在しない。

街路灯が灯る道へと出た飛月は、大きな足取りで事件現場とは反対側へと足を進めていった。

＊　＊　＊

携帯電話を切った尚季は、座ったかたちのままベッドにばふっと横になる。

枕に片頬を埋めて、耳に残っている飛月の声を辿る。

『好きだ』

これまでも飛月から何回か言われたことがあったけれども、こんなふうにじんっと心に沁《し》みたのは初めてだった。まだ胸がドキドキしている。

——……して、よかった。

四日前にしたセックスを、全然後悔していない。恥ずかしかったし痛かったけれども、あれをしてから、ちょっとは飛月に対して素直に甘えられるようになった。

『どんなに遅い時間でもいいから、毎日、電話してほしい』

飛月が札幌に発つ朝、尚季は勇気を出してそう伝えた。そんなことは父親にだって言ったことがなくて、すごく緊張した。でもその甲斐《かい》あって、飛月は毎日、電話をくれる。非通知でかけてくるので尚季からかけることはできないのだけれども、電話がくると信じて待てるのが嬉しい。

尚季は横のベッドに手を伸ばして枕を摑んだ。それを抱えると、元は父の枕なのだけれども、すっかり飛月の匂いが染みついている。

「ん…」

つきんと腰に甘い疼きが起こって、ひとりで赤面してしまう。

自分と飛月の関係に問題はいろいろある。

男同士ということは、人には言えないと思うぐらいで、いまの尚季にはさして大きな障害のようには感じられないが、飛月の異常体質と罪についてはそのうちきちんと向き合わなければならないだろう。

とはいえ、やっぱりいまは、初めて落ちた恋がすべてを凌駕《りょうが》してしまう。

鼓膜に焼きついた飛月の声を繰り返し甦らせて陶然としているうちに、布団のうえでうたた寝してしまっていた。自分のくしゃみで目が覚め、もぞもぞと布団にもぐる。

飛月の枕を抱き締めなおして、甘くてせつない気持ちを漂った。

日曜日、尚季はうっかりこじらせた風邪のせいで、ベッドに臥《ふ》していた。

片親である父の迷惑にならないようにと、常日頃《つねひごろ》、健康管理にはかなり気を配って暮らしてきたのだが、飛月という存在ができたことで油断が生まれてしまったらしい。

　頭や身体がぼうっと熱いのを飛月のことばかり考えているせいだと解釈して、風邪薬を飲むのが遅れた。昨日から熱が出て、今日は朝から三十八度を超えた。

　それでも、明後日ぐらいには飛月が帰ってくると思えば、そう心細くもない――飛月には電話の際の声で風邪をひいたのがすぐにバレて、叱《しか》られてしまった。それすらもちょっと嬉しいのだから、我ながらしょうもない。

　薬が効いてきたのか、午後になると熱が三十七度台に落ちた。昨日は一日食欲がなくてろくなものを食べていなかったから、そろそろなにか食べたほうがいいのだけれども、だるさに負けてしまう。ベッドでくったりしていると、インターホンが鳴った。

　勉強机のうえの充電器に挿してある子機に手を伸ばす。その小さなモニタのざらつく画面には、来訪者の姿が映し出されている。

　意外な人物の姿に、思わず目をしばたく。

　尚季はパジャマのうえに厚手のニットのセーターを着込んで温かくすると、玄関へ向かった。

　ドアを開けると、門の向こうで美少年が不機嫌な顔をしている。

「あの…飛月ならいないけど」

「そんなのわかってるよ。仕事で札幌なんだから。入っていい？」

　訊きながらも、睦月は答えを待たずに門を開ける。そして尚季の前に立って、文句を言いだす。

「どうして風邪なんかひくのさ。僕は訪問介護のヘルパーさんじゃないっての。すっごい迷惑なんだけど」

「……なにか、用？」

「昨日、飛月から電話きたの。尚季が風邪ひいてるみたいだから見舞いに行けってさ」

手に持ったコンビニの袋を目の高さに上げる。

「い、いいよ、別に」

「そっちがよくても、悪化されたら僕が飛月に睨まれんの。飛月はアルファだから、機嫌損ねたくないし」

ほとんど尚季を突き飛ばすようにして、睦月が玄関に入ってくる。

「アルファ?」

そういえば、この間、月貴もアルファがどうのと言っていた気がする。

「一番偉いってコト」

ぞんざいに答えながら、睦月はスニーカーを脱ぎ散らかして家に上がり込む。

「一番偉いって、月貴さんより?」

訊いたとたん横目で睨まれた。前回も感じがいいとは言いがたかったが、今日はことさら虫の居所が悪いらしい。

——かえって、熱上がりそうなんだけど。

でも、飛月が心配してわざわざ睦月に見舞いを頼んでくれたこと自体は嬉しい。

睦月は勝手にキッチンを使い、コンビニで買ってきたらしいレトルトのお粥《かゆ》を温めると、どんぶりに盛ってリビングに運んできた。素直な尚季の胃はキューッと鳴って空腹を主張する。お粥は腫れた喉にも優しく、とろとろと胃に落ちていく。

睦月はテーブルに両肘をつき、組んだ手の甲に顎を乗せて、ぱっちりした目で嫌がらせのように尚季を凝視している。

前に訪れたとき、尚季が飛月の本命であることに不服そうだったし、睦月は飛月のことを好きなのかもしれないと思う。

尚季がどんぶりの中身をほとんど食べ終わったころ、睦月は床に置いてあったコンビニ袋に手を突っ込んだ。取り出されたのは新聞だった。三面記事を拡げ、尚季のほうに向けてテーブルに置く。

野犬に襲われて死亡する人間が全国的に増えているという記事が大きく扱われていた。

この手のニュースは、例の死んだ通り魔犯のことを思い出してしまうから、普段は目にも耳にも入れないように努めている。

それなのに睦月が「この記事、読んでみなよ」と、野犬問題のところを指差す。

尚季はしぶしぶ、活字に視線を流した。ここ一週間で起こった被害状況に言及してあり、東京都、愛《あい》知《ち》県、北海道《ほっかいどう》での被害が載っている。

——……北海道。

北海道のケースは、三日前の夜に札幌で起きていた。被害者は飯島昭夫《いいじまあきお》・三十七歳。

違う。飛月は関係ない。思わず考えてしまった嫌な想像を打ち消そうとしていると、睦月が抑揚のない声で言った。

「飛月が人殺しだったら、どうする？」

心臓がグッと縮んだ。尚季は紙面から睦月へとぎこちなく視線を移す。焦げ茶色のつぶらな眸は、ふざけるでもなく尚季を見つめていた。

——飛月が公園でのことを相談したとか？

でも、それにしては質問の仕方が妙な気がする。こんな記事を見せて……睦月の意図が読めない。緊張のあまり、尚季の手はごわつく新聞紙をぐしゃりと握り締めていた。

いつまでも答えない尚季を、睦月がなかば睨むように見据える。

「飛月の気持ちを、尚季が受け止められるって思えない」

「なんで、俺のこと知らないのに、そんなこと言えるんだよ」

「尚季のことは知らない。でも飛月のことは知ってる。飛月があんたのためにどんな無理をしてきたか、僕は知ってる――僕にはわかるから――尚季みたいな普通の人間に受け止めきれるわけがない。飛月はバカだ」

「……要するに、俺と飛月のことに反対なんだ？」

「当たり前だ。尚季は最終的には飛月を選ばない。飛月は報われないまま――」

睦月の目の縁が赤くなる。苦しげに目を眇めて、視線が外された。泣くのを堪えたのがわかって、尚季は確信を強める。

飛月のことが好きなのかと訊ねようとしたとたん、睦月はバンッとローテーブルを両の掌で叩くようにして立ち上がった。

「僕はちゃんと見舞いにきたから。飛月が帰ってくるまでに風邪治しときなよっ」

そう乱暴に言うと、睦月は足早にリビングを出ていく。すぐに玄関ドアの開閉音と、門をガシャンッと閉める音が聞こえてきた。

ひどく複雑な気持ちになりながら、尚季は皺《しわ》くちゃになった新聞の記事をじっと見つめた。

枕元に置いた電話の子機をちらと見る。すでに十二時を回っているのに、まだ一日一回の電話がきていなかった。

昨日の電話では「明後日の朝一番の便で帰る予定だ」と飛月は言っていたから、明日学校から帰ったら飛月に会える。

――学校、サボっちゃおうかな。まだ微熱あるし。飛月は鍵持っていかなかったから、帰ってきても家に入れないだろうし。

考えながらうとうとしてしまっていた尚季は、インターホンの音でハッと目を覚ました。

こんな夜中に誰だろうと訝しく子機のモニターをチェックした尚季は、次の瞬間、飛び起きた。子機を掴んだまま部屋を飛び出し、階段を駆け下りる。玄関の鍵をもどかしく外してドアを勢いよく開ける。冷たい大気が微熱に火照る肌を包み込む。

尚季の笑顔はしかし、すぐに戸惑いに曇る。

「飛…月？」

誰もいない。

また熱が高くなって、見たい幻でも見たのだろうか。悦びに膨らんだ胸が急速に萎んでいく。

それでも諦められなくて、尚季は裸足《はだし》のまま玄関を出た。ふらふらと門へと歩いていく。胸の高さの門の鉄柵《てっさく》を握り締める。鉄の冷たさが心臓にまで伝わってくる。

がっくり俯く。なんだか涙が出そうになってしまって、目許をパジャマの袖で擦ったときだった。

門の横の塀から、バッと大きな影が飛び出してきた。

「うわっ」

思わず大声を出してしまうと、門の向こうで笑いが起こる。

「驚きすぎだろ」

「……な…に、なんで？」

いったん幻だと思ってしまったせいで、すぐに現実を受け入れられない。

「仕事が早く片付いたんで、最終便で帰ってきた」

門の柵を摑んでいる手に、大きな手が被さってくる。

まだ呆然としている尚季へと、飛月が腰を曲げて顔を寄せてくる。吐息が触れ合うほどの距離、黒い目が笑む。

「ただいま、尚季」

「……、……り」

ひとつ呼吸をしてから、今度ははっきりと言う。

「おかえり、飛月」

そう口にしたら、本当に自分のところに帰ってきてくれたのだという実感が込み上げてきた。

この「おかえり」には、特別な意味がある。ここは飛月の帰ってくるべき場所になったのだ。これから先、飛月はどれだけ遠くに行こうと自分のところに帰ってくると――そう信じられる第一歩だ。

想いを嚙み締めていると、視界に黒い煌きが拡がった。

唇を圧《お》してくる、やわらかさ。その感触だけで、頭の芯がきゅううっと甘く絞めつけられる。

ずっとキスしていたかったけれども、尚季は俯くようにして唇を外した。

「ダメだよ」

「誰も通らないって」

惑わす甘い声で囁きながら、飛月がふたたび唇を奪いにくる。それから逃れて、ぼそぼそと言う。

「……でも、風邪が感染《うつ》る」

「感染らない」

「また、そういういい加減なこと」

「本当に感染らないんだ」

こんなじゃれ合っているみたいな内容の会話には不似合いな声を、飛月は出した。彼の目がどこか哀しげに見えて、尚季は不安になってくる。

「感染らないって、どういう――――」

声ごと唇を塞がれた。門から手を放して飛月の胸板を押すけれども、逆に首筋を摑まれてきつく仰向かされる。自然に開いてしまった唇に、熱い舌が滑り込んでくる。大きくて厚みのあるそれに、尚季の口のなかはいっぱいにされた。

舌を舐められ、くにくにと捏ねられれば、簡単に足腰から力が抜けていく。

「ん…、んっぅ」

無意識のうちに、尚季は飛月の二の腕に手を這わせる。小刻みに舌先を弾かれると、まるで下腹をじかに愛撫されているような耐えがたさが襲ってきて、尚季は咄嗟に男の逞しい腕に縋った。

と、飛月の身体が大きく竦んだ。口からずるりと舌が抜ける。

ぼんやりと目を開けると、飛月は眉間《みけん》に深い皺を刻んでいた。唇をぐっと噛み締めて。まるで痛みを堪える表情だ。

「飛月？」

「なんでもない」

そう言いながら、飛月は右の二の腕を摑んでいる尚季の手をそっと外させた。

「冷えてきたな。続きはなかでしよう」

——なにが、なんでもない、だよ。

少しだけ開けたカーテンから、薄い月明かりが流れ込んできている。その光を頼りに、尚季は自分を抱き締めている男の寝顔を見つめていた。

尚季の体調が完全ではないからとセックスはしなかったものの、飛月は眠りに落ちるまで、尚季を抱き締めて、さんざんキスをした。これで風邪が感染らなかったら、飛月の感染らないという主張は本当に違いない、というぐらい濃厚なキスだった。

……飛月は、右肘のうえのところに包帯を巻いていた。だいぶ酷い怪我をしたらしい。

国絡みの仕事という話だったが、もしかするとそれは危険をともなう種類のものなのではないか？　普通の仕事なら出張に行って怪我をして帰ってくることはないし、飛月の身体中に刻まれている大小の傷のこともある。

——仕事に戻りたがらなかったのは、すごく危険だからだったのかも。

怪我のことも仕事のことも、ちゃんと訊こうとしたのに、キスでうやむやにされてしまった。

『飛月が人殺しだったら、どうする？』

睦月の掠れぎみな声が耳の奥で甦る。

飛月は確かに、尚季を守るために罪を犯したが、睦月はそのことは知らないようだった。ということは、飛月は他にも殺人を犯したことがあるのだろうか？

札幌で起こった野犬による死亡事件。なぜ、睦月はあの記事をわざわざ読ませたのだろう？

「……」

不安な動悸が、胸を揺るがす。

尚季は自分を抱き締めている男の、スエットのシャツの裾からそろりと手を差し込んだ。右脇腹の大きな傷跡の引き攣れを指先に感じる。それをそっと摩《さす》る。

飛月がこれ以上傷つくのは嫌だ。

——俺が守れたら、いいのに……。


昨日帰ってきたばかりだというのに、飛月は尚季が学校から帰ったのと入れ違いに、今晩も仕事に出かけていった。仕事が手際よくいけば今日中に帰れるが、もしかすると朝方の帰りになるかもしれないという。

——また怪我しないといいけどな。

落ち着かない気持ちのまま、尚季は飛月が帰ってきたら食べられるようにカレーを作りにキッチンに立つ。キッチンとリビングを仕切る壁は横長に刳《く》り貫かれていて、料理をしながらリビングが見られる造りだ。尚季はカレーの材料をシンクの台に載せていきながら、リビングで点けっぱなしになっているテレビを見流していた。

ジャガイモは煮崩れるからあとにして、タマネギやニンジンの皮を剥き、大きめにザクザクと切っていく。

ちょうど夕方のニュースの時間帯だった。牛肉をパックから出そうとしていた尚季の手がぴたりと止まる。「札幌」「野犬」という単語を女性ニュースキャスターが口にしたのだ。先日、睦月が持ってきた新聞に載っていた事件のことだろうか。

『一昨日の晩、札幌市内で新たな野犬によるものと見られる被害が出ました。被害者はタドコロショウゴさん四十五歳で――』

新聞に載っていたのとは別件だった。

被害者は喉元《のどもと》を喰い千切られており、発見されたときにはすでに失血死していたという。

その他にも新たに全国で五件の野犬による被害があり、夜間の外出の際にはくれぐれも注意するようにという呼びかけで締められた。

――一昨日……。


その日の羽田《はねだ》着最終便で帰ってきたものの、飛月は夕方までは札幌にいたはずだ。仕事が思いのほか早くに片付いたから帰ってきたと言っていた。

頭に拡がっていく黒い靄《もや》を退けようと、尚季は牛肉に包丁を入れる。しかし、肉の手触りと、それを断つくにゃりとした感触に鳥肌が立って、手を止めてしまった。頭のなかの黒い靄がどんどん濃くなっていく。とても、のんびりと料理などしていられる心境ではない。

尚季はキュッと口角を横に引くと、肉の感触を落とすように手を洗い、エプロンを外した。調理途中の食材を放ったまま、二階の自室へと駆け上がる。

勉強机に向かい、ノートパソコンを立ち上げた。

飛月から直接訊き出すのが難しいなら、自分で調べるしかない。

正直、真実に近づくことに怖さを覚えている。

けれど、なにもわからないままでは、いざという時に飛月の力になることができない。

自分が大人の飛月を守るなどというのは、おこがましくて奇妙な発想なのかもしれないけれども、飛月は年のわりに変に子供っぽいところがあって、尚季は不思議と保護欲のようなものを刺激されるのだ。

——なにを調べればいい……俺が知ってるのは……

ナカムラヤスオ・三十五歳。飯島昭夫・三十七歳。タドコロショウゴ・四十五歳。

最初のナカムラヤスオは公園で飛月の牙にかかった、連続通り魔事件の犯人だ。飛月の話によると前歴者だったらしい。

残りのふたりは、飛月の出張先である札幌で野犬の被害に遭った者たちだ。

まず、飛月が言っていたナカムラヤスオの前科が事実であるかを確かめようと思った。昔の新聞記事を検索できればと思ったが、十年以上も前の記事検索をできるサイトは見当たらなかった。

試しに検索サイトで、ナカムラヤスオの名前といくつかのワードを入れて検索をかけてみる。すると、あるサイトに行き当たった。

過去にマスコミで公表された殺人事件をデータベース化してあるサイトだ。サイトマスターがどういう意図で情報収集をしているのかはわからないが、尚季にとっては非常にありがたい。しかも、二十年前の事件まで遡《さかのぼ》ることができるらしい。

ナカムラヤスオ——中邑康夫の記事も、名前の検索であっさりと拾えた。

……飛月の証言は、事実だった。

中邑康夫は十五年前、連続通り魔事件で逮捕されていた。被害者は十三名。うち、三名が死亡している。

まさか、という思いを抱きつつも、尚季は次に飯島昭夫の名前を入力した——検索結果が表示される。

飯島にも前科があった。十一年前に、二件の強盗殺人事件を起こして逮捕されている。

そして三人目のタドコロショウゴ――田所章五もまた、十三年前に連続婦女暴行殺人事件で有罪になった過去があった。

――三人とも、前科がある。

偶然とは思いづらい。

――でも、偶然じゃないとしたら？

前科のある三人の人間の死。死因は野犬に喉元を咬《か》み切られたため。

飛月の仕事は、国から任されている特殊なものだという。

彼の目と犬歯が変化するのを、尚季は見たことがある。

答えの輪郭がうっすらと脳裏に浮かび上がりかけたときだった。

電話が着信メロディを鳴らしだして、尚季は椅子から飛び上がるぐらい驚かされた。ひとつ深呼吸してから、机の端の充電器に嵌められた子機に手を伸ばす。

電話はドイツの父からのものだった。

メールは半月ほど前に一度したが、電話で声を聞くのは一カ月以上ぶりだ。

飛月と住むようになってからは彼にまつわることで頭がいっぱいで、正直ほとんど父親のことを思い出さなかった。そんな薄情な自分にちょっと気まずさを覚える。

毒にも薬にもならない無難なやり取りののち、

『おまえはしっかりしてるから、父さんも安心して仕事に打ち込めるよ』

いつもの口癖を父は口にした。

尚季がしっかりしているように見せれば見せるほど、父は安心して遠ざかっていく。そして実際、いまはもう、物理的距離だけでなく心も触れ合うのが難しくなってしまっていた。

心配しなくていい息子が父の心のなかに占める面積は、ごくわずかだ。

尚季はずっと、心配をかけないことが「家族」としての務めだと思ってきた。けれども、飛月と関わり、心配に心を揺らし合うこともまた絆を育《はぐく》む大切なことなのだと知った。

心配されたいし、心配していたい。

……いつか父とも自然に心配し合えるような関係になれればいいなと思いながら、電話を充電器に戻した。

電話で緊張感が途切れてしまっていた。

半端な気持ちで向き合えることではないから、飛月と野犬被害の関係を追及するのは先送りにして、ノートパソコンを閉じた。

一階に下りて、放り出していたカレー作りを再開する。飛月はワイルドな見た目に反して子供味覚だから、カレーのルーを溶かし込んだうえに、ハチミツをとろとろと垂らす。

けれどもその晩、飛月は十二時を過ぎても帰ってこなかった。仕事で手間取っているのだろうか。

リビングのソファで膝を抱えて、テレビをなんとなく眺めながら飛月の帰りを心待ちにしていた。

飛月と昨夜したキスのこと、飛月の怪我や仕事のこと、野犬の犠牲になった前歴者たちのこと、父のこと……さまざまなことが、纏まりもなく頭を過《よぎ》っていく。

と、尚季はなめらかな眉間に皺を寄せた。

……ガシャン、ガタッ、ガタッ。

外から音がしている。酔っ払いが、家の門でも蹴っているのだろうか？　尚季は緊張に身を強張らせながら、そっとソファから立ち上がった。門が見えるほうの窓に近づく。カーテンの端をそっとめくって、外の様子を窺った。

人影は見えない。それなのにまた、ガシャン、と鉄の門が揺れて音がした。よくよく目を凝らしてみると、そこに一メートルほどの高さのなにかがいる。それが門に体当たりしているのだ。

クゥ…ン、という、犬の弱った鳴き声が聞こえてきて、尚季は思わずカーテンを大きく開けた。窓を開けて、顔を外に出す。

「犬…?」

どうやら大型犬らしい。

凶暴な野犬かもしれないという考えも過ったが、弱りきって鼻を鳴らす声を聞いていたら、いてもたってもいられなくなる。もしいま自警団が巡回にきたら、私刑にされてしまうだろう。尚季はパジャマ姿のまま、サンダルを足に引っ掛けて玄関から外に出た。門の格子の向こうには大きな黒犬がいた。

「どうしたの?」

驚かさないようにやわらかな声で話しかけながら、門をそっと開ける。

本当に大きな犬だった。四肢をついて立っていても尚季の鳩尾のあたりまで背がある。さすがに緊張しながらも、尚季は犬の正面でかがみ、掌をそっと差し出してみる。すると、黒い鼻先が掌に擦りつけられた。

「……おまえ、どっか怪我してるのか?」

強い血の匂いがしていた。よく見れば、犬の足元のアスファルトがしとどに濡れている。どうやら後ろ足を怪我していて、そこから血がどぷりどぷりと溢れているらしい。車に轢かれたのか、あるいは野犬狩りの自警団に傷つけられたのか。

このままでは失血死してしまう。犬の首筋をそっと摑んで、玄関へと促す。

「大丈夫だよ。おいで」

黒犬は素直に従った。けれども、靴脱ぎ場より先には上がろうとしない。まるで廊下を血で汚すのを気にしているみたいに。

尚季はバスタオルを何枚も玄関に運んだ。靴脱ぎ場に広げて敷き、そこに犬を横たわらせる。

屋内の明るい光で見ると、思った以上に左後ろ足の傷は深かった。それに右前足にも怪我をしているようだ。

――どうしよう…っ。

尚季では手当てできないレベルの怪我なのは明白だった。

敷いたバスタオルが赤く染まっていく。

焦り、困惑している尚季の脳裏に、眼鏡をかけた白衣の男が浮かんだ。

昔、クロタが怪我をしたり具合が悪くなったときは、どんな真夜中でも与野が往診してくれたものだ。先日も、「なにかあったら、いつでも相談に乗るよ。真夜中でも遠慮しなくていいからね」と言ってくれた。


この緊急事態に力になってくれる人は、与野以外いない。

「おまえ、ここで待ってるんだよ。いいね。いま、お医者さんを連れてくるから」

尚季は犬にそう言い聞かせると、パジャマのうえにニットの上着を羽織って家を飛び出した。国道沿いの道に出て、二分ほど走ったところに動物病院はある。そのすぐ裏手が与野の住居だ。二階にはまだ明かりが点いている部屋がある。午前一時にインターホンを鳴らすなど非常識だが、背に腹は代えられない。尚季は人差し指でギュッとボタンを押した。

与野はまだ起きていたらしい。インターホンから落ち着いた声が応答してくれる。

『尚季くん、どうしたんだい?』

インターホンの小さなレンズ部分を懸命に見つめながら、尚季は頼んだ。

「与野先生、お願いです。犬を助けてください。大怪我してるんですっ」

『犬？　……わかった。ちょっと待ってなさい』

与野はすぐに出てきてくれた。シャツとスラックスのうえに白衣を羽織り、往診用の鞄を手に提げている。尚季は思わず涙ぐみながら、与野と一緒に家へと急いだ。

「また、犬を飼いだしたのかい？　知らなかったよ」

「違うんです。ついさっき……家の前で怪我してて」

与野は眼鏡の奥の目に笑みを浮かべた。

「尚季くんは相変わらず優しいね。昔も怪我をした仔犬をうちに連れてきたことがあったっけ」

二匹目のクロタのことだ。命は助かったけれども、ある日、突然いなくなってしまった。

家に着き、玄関を開ける。大きな黒犬はぐったりと横になっていたが、与野に気がつくと目を鋭くして、威嚇の唸り声を上げた。

その様子を目にした与野が大きく息を吸い込み、呟く。

「……どうして、またこいつがここにいるんだ？」

「え？」

「いや——すまない。なんでもない」

与野はすぐに表情を引き締めると、犬の横に膝をついて傷の様子を検めた。

「これはかなり酷いな。病院のほうに運ぶのは難しそうだから、この場で縫合することになるけど、構わないかい？」

「はい」

終わったら呼ぶからと言われたけれども、犬がじっと見つめてくるので尚季は上がり框《かまち》のところに座って、犬の頭を撫でた……与野がきてくれてホッとしたせいか、そこで初めて犬の目が奇妙なことに気づく。

普通、犬は目の黒い部分がぐるりと大きいものだが、この犬はシベリアンハスキーのように眸に色がついていたのだ。

不思議な琥珀色。

——黒い毛に、琥珀色の目って……

尚季は思わず犬の脇腹に視線を走らせたが、二匹目のクロタが怪我をしていた右の腹は身体の下側になっているので確かめられない。

与野の打った麻酔注射が効いてきたのか、犬の目が細くなっていき、終に閉ざされた。

——クロタなのかもしれない。だから、怪我をしてこの家に助けを求めたのかも。

痛々しい傷口が縫合されるあいだ、尚季は込み上げてくる感情を抑えながら、ずっと犬の黒い頭を撫でていた。無事に傷が閉じられ、包帯が巻かれる。

その後、抗生物質の入った点滴が打たれた。犬の点滴は人間のように血管に少しずつ流し込むようなことはせず、背中の皮下脂肪のところに溜め込ませるため、数分で投与が終わる。


「とりあえず、これで様子見をしよう」

「こんな夜中に本当にすみませんでした」

「構わないよ。明日の晩ぐらいにまた診にくるからね」

「ありがとうございます」

診察料は明日までに計算しておくからと言って、与野は夜道を帰っていった。

尚季は毛布を運んできて、犬の逞しい身体にかけてやった。そして、自分も毛布にくるまって上がり框のところに横になる。

「ちゃんと、よくなるんだよ」

なかば確信を持って、優しく呼びかける。

「クロタ」


「……ん」

背筋をぞわぞわと寒気が走る。尚季は体温を逃がさないように、布団のなかに鼻まで埋めて身体を丸めた。

「尚季、もっと毛布を足すか？」

「ん…うん」

布団のうえに毛布が重ねられたらしい。重さが増した分だけ、少し温かくなる。

なにか、とても大切なことを忘れているような気がした。

――昨日の夜は……カレーを作って……それから、そうだ。犬が怪我をしてて、与野先生を呼びにいったんだ。それから犬の手当てをしてもらって……

琥珀色の眸が閉じた瞼に浮かんで、尚季はハッと目を開けた。

「クロタ…クロタはっ?!」

重い布団から亀みたいに首を伸ばして、部屋から出ていこうとする飛月を呼び止める。

「クロタがどうしたって？」

「犬、靴脱ぎ場のところにいただろ？」

「ああ、俺が朝の五時ごろ帰ってきてドアを開けたら、デカいのが飛び出していったけど」

「飛び出して、って――怪我してたのに！」

飛月がちょっと面倒くさそうな顔をした。

「怪我とか知らねぇけど、元気に走っていったぜ？それより尚季、今日は学校無理だろ。風邪ひいてるのに玄関なんかで寝るから、熱が上がるんだぞ」

クロタは、またいなくなってしまった。

――怪我、してるのに……せっかく逢えたのに。

尚季が毛布に顔を埋めると、飛月が溜め息をついて横のベッドに乗ってきた。

頭を撫でられる。クロタを逃がしてしまった飛月に腹が立っていたから、飛月の手を何度も頭からどけたけれども、すぐにまた撫ではじめる。それを繰り返すうちに、次第に気持ちが治まっていく。

考えてみれば、飛月の言うとおりだ。

確かに酷い怪我だったけれども、走れるほど回復したのなら、それが一番大切なことなのだ。

もそりと布団から顔を出して、飛月を見上げる。

「……飛月は、寒気とかしてない？」

「別に？」

「じゃあ、本当に俺の風邪、感染んなかったんだ」

一拍置いてから、飛月がちょっと寂しげに笑った。

「ああ、感染らないって言っただろ」

「――それって、やっぱりバカだからってツッコミ入れとくべき？」

「えっ、なんでバカなんだ？」

飛月が目をしばたく。こういう含みのある言い方を、飛月はたいてい知らない。月貴や睦月とともに施設で育ったらしいが、よほど世間から隔離されていたのだろうか。

「バカは風邪をひかないんだよ」

「そうなのか」

そのまま鵜呑《うの》みにしそうな飛月に、尚季は思わず噴き出してしまう。布団を揺らして笑う尚季に、飛月が真顔で訊いてくる。

「尚季はバカ、嫌いか？　俺、普通のこと知らないから、バカなのかもだよな」

なんだかバカ笑いをしている自分のほうがバカみたいに思えてくる。尚季は決まり悪く答えた。

「嫌いじゃない」

「なら、俺のこと好きか？」

「ん？　うん」

「ちゃんと聞きたい」

「…………、…好き、だよ」

口にしたら、熱とは別に顔がカァッと熱くなった。それなのに、飛月はまだ足りないらしい。

「尚季は、俺のこと愛してる？」

「――――あい、って」

さすがに、愛してる、などという言葉は口にできない。恥ずかしすぎるし、なんとなくノリで口にしてはいけない言葉のような気がするのだ。尚季が黙り込んでしまうと、飛月ががっかりした顔になる。

それから、真剣な面持ちで大事そうに言葉を口にした。

「俺は尚季を愛してる」

……心臓が蕩けそうになった。

眼差しもその言葉を裏付けるほど深いもので、受け止めているると呼吸が苦しくなってしまう。尚季は深く俯くかたち、布団のなかに額まで突っ込んだ。そうして手で自分の熱くなっている唇を塞いだ。そうしないと、口から心臓が飛び出してしまいそうで。

首筋の脈が、どくんどくんと鳴っている。

飛月はもう一度、尚季の頭をそっと撫でると、立ち上がった。

「玄関を掃除してくるな。バスタオルとか毛布も汚れてるから洗濯しておく」

尚季は辛うじて見えているだろう頭で、こくりと頷く。

飛月が部屋を出ていってから、ようやく潤みきった目を布団から出した。そして、ぼんやりと宙を見つめて、飛月の告白を耳の奥に甦らせる。

身体が芯から熱くうずうずして、尚季は積まれた毛布と布団の山の下、寝返りを何度も何度も繰り返した。

＊＊＊

階段を下りきったところで、飛月は廊下に蹲った。右腿をぐうっと摑んで、歯を喰いしばる。脂汗がねっとりとこめかみを伝い落ちていく。

尚季は、右脚を庇《かば》う足音の不自然さに気づかなかっただろうか？

縫合されて数時間しかたっていない傷は、脈拍に重ねて痛みを体内に轟かせる。ともすれば、気を失いかねないレベルの痛みだった。

昨夜のターゲットは、前科のときと同様、出所してからも鉈《なた》を使った通り魔事件を起こしていた。飛月は夜闇に紛れて獣化してターゲットに忍び寄ったのだが、札幌で負傷した右前足のせいで先制し損なった。鉈で左後ろ足をざっくりと斬《き》られたとき、脳の奥のほうが高圧電流を通されたみたいに痙攣した。

なんとかターゲットを処刑したものの、深手を負ったせいで人のかたちに戻ることができなくなっていた。

猟獣の獣化・人間化は脳内分泌によって引き起こされる。薬物で変容を起こすこともできるが、それも要するに脳内分泌を薬で調整しているにすぎない。

変容は基本的に自身の意志でコントロールできるのだが、危機的状況と本能が判断した場合も自然に獣化し、その危機が回避されるまで人型に戻ることができなくなる。

昨晩、深手を負った飛月も、自分の意志では人間に戻れなくなってしまっていた。

仕事が隣町だったこともあり、なんとか尚季の家まで獣化したまま辿り着いたのだった——いや、正しく言えば、帰巣本能によって気づいたときには尚季の家の前にいたのだが。

自分のおぞましい正体と仕事を尚季に知られたくないという気持ちより、もしも命を落とすことになるなら、その前にひと目、愛しい人に逢いたいという想いのほうが強かった。

——いつまで俺は、こうして人のかたちを保てるんだろう……いつまで、尚季と一緒にいられるんだろう。

この不安定な肉体には、限界が存在する。

猟獣は人型のときは人間と同じ老化速度だが、獣化しているときは、人間の四倍ほどの速度で老化す

る。しかも、肉体変容の際に、すさまじい負荷がかかるため、それも猟獣の寿命を縮める一因となっているらしい。

とはいえ、いままで天寿をまっとうした猟獣はいないので、肉体的寿命の限界は不明だ。

肉体的寿命の前に、人間としての崩壊が訪れるからだ。

獣化して仕事をしていくなかで脳の大切な部分が破壊され、脳内分泌を制御できなくなると、獣化したままの状態になる。

そうすると、次第に人間としての記憶と心も死滅してしまうのだ。

終には、ただの獣に堕《お》ちる。

……そして、飛月にはもう、あまり時間は残されていないようだった。

獣化のラインがどんどん低くなっているのを、同時に人間に戻るのが難しくなっているのを、他でもない飛月自身が一番よくわかっていた。

いまも痛みの電流が脳の奥に危機の信号を送って、強烈に獣化を促している。

飛月ははみ出た大きな犬歯で、唇を嚙み締めた。皮膚が破れ、血が筋となって顎へと伝う。琥珀色に染まった獣の目から、涙がぽつりと落ちた。

——尚季、一緒にいたい。ずっと一緒にいたい。

そう呟いたはずなのに、口から漏れたのは「グゥゥ…グゥゥゥ…」という苦しげな獣の呻《うめ》きのみだった。

は気遣いもなく、荒い抜き挿しで深々と楔《くさび》を打ち込む。ハンドクリームがグチュグチュと音をたてる。

「飛月……飛月、腰そんなに、動かさな……壊れる、こわれるっ」

深く繋がったまま腰を激しく打ちつけられて、尚季はもがいた。上も下も脱げかけたパジャマごと、背後から強い腕に抱き締められる。

さっきから飛月は、人間の言葉を忘れてしまったみたいにひと言も発しない。獣のように荒く呼吸をしたり、唸るように喉を鳴らしたりするばかりで。

「ぁっ、ん、んっ…や、ぁああ、速いよ——速すぎ、ぅ、うう」

尚季ばかりが、淫らな声を上げさせられる。

忙しない腰の動きが、滅茶苦茶に速くなる。結合がこれ以上ないほど深まったところで、ふいに静寂が訪れた。

尚季は思わず自分の臍のあたりを掌できつく押さえた。その奥に濃い生殖の液が蒔《ま》かれていくのを感じる。

震える喉で呼吸するうちに、腹が立ってくる。

こんな、意思をまったく無視したセックスをするなんて酷い。

「……っ、抜け、よっ」

——俺のものにしてくれって頼んだくせに……こんなのヤりたいだけじゃないかっ。

手足をばたつかせて繋がりを解こうとしていると、身体のうえから布団がばさっと剥がされた。身体を繋げたまま、飛月が身体を起こす。果てたはずなのにまったく緩んでいないペニスに内壁を抉られて、尚季は悲鳴を漏らした。

カーテンが開けられる。薄い月光と街路灯の明かりが、わずかながら闇を侵食する。

尚季は横倒しの姿勢、ズボンと下着を脚から抜かれた。そして右足首を摑まれて宙に高々と上げさせられる。ぱっかりと開いた会陰部を男の目に晒す。飛月はその金色に光る眸で、結合部を凝視した。凝視したまま、性器をゆっくり引き抜く。蕾を捲るようにして切っ先が抜けると、締まりきらない孔から粘液がとろとろと溢れ出す。

その白濁に塗《まみ》れた蕾へとふたたび張り詰めた先端がくっつけられた。

まさか、と思ったけれども、そのまま逞しい器官が尚季へと沈んでくる。

「ひ、ぅ」

苦しさに背を丸めて衝撃に耐える尚季のなかで、男のものが探るように蠢く――と、無惨に開かされた内腿の筋がヒクリと引き攣れた。

「ぁ…………う…ふっ――くぅ…ん」

快楽の凝《こご》りを強い先端で丹念に突かれるたび、鼻にかかった甘い音が喉から漏れてしまう。直截的《ちょくさいてき》すぎる刺激に、宙に留《とど》められている足は五本の指をきゅうっと丸める。まるで性器を内側から愛撫されているみたいで、尚季のほっそりした茎は腫れ、根元から大きく揺れた。

快楽はいまや、粘膜全体に拡がっていた。凝り以外の場所も、太い幹で擦られれば耐えがたい快楽にざわつく。それが繋がっている飛月にはダイレクトにわかるのだろう。律動が荒々しいものになっていく。中出しされた体液を奥へ奥へと押し込まれ、内壁になすりつけられる。

「や…飛月の、滲《し》み込んで、くるっ」

もし自分が女の子だったら、こんなやり方をされたら一発で身籠《みご》もってしまうと思う。その発想は、ひどく倒錯的な切羽詰まった体感を尚季に与えた。身体中が熱くなって、カクカクと下肢が震えだす。粘膜が不安定に収斂《しゅうれん》し、絶頂へと上り詰めていく。その波に、飛月が同調する。

「ん…や、ぁっ…ふっ、く」

男を含んでいる粘膜が極限まで締まって戦慄く。

飛月がビクンッと全身を跳ねさせた。狭まった内壁のなかで雄の器官が悶え、激しく爆《は》ぜる。それとほとんど同時に、尚季もまた茎から白い粘液をこぷりと垂らした。

……けれども、その二回目の性交が終わっても、飛月は解放してくれなかった。

ぐったりと脱力した身体を足の先まで舐めまわされ、三十分もたたないうちに三度目の行為を強いられた。

夜が明けるころには、尚季の心も身体も疲弊しきっていた。心臓が不安定な脈動を刻む。

「もう…ヤダよ……ほんとに……こわれる……たすけて…助けて、飛月」

すでに一滴の精液も出ない。快楽が苦痛にしか感じられなくなって泣きじゃくりながらそう訴えると、飛月の目から金色の光が砕けて消えた。


「尚季……」

長い長い行為が始まってから、初めて聞く飛月の言葉だった。

飛月は黒々とした目を悔恨に濡らすと、ボロボロになった尚季をきつくきつく抱き締めた。

「ごめんな、尚季――俺……俺のこと、嫌わないでくれ。愛してるんだ。本当に、愛してるんだ」

飛月の痛々しい涙が、重ねた頬から伝わってくる。

酷いことをされたのは自分なのに、無性に飛月が可哀想《かわいそう》に思えてきて、尚季は力の入らない手で男の腕をたどたどしく撫でた。

不安の影が、胸の底にどろりと溜まっていくのを感じながら。

＊＊＊

「右上腕部と左大腿部に負傷か」

ドクターズチェアに深く腰掛けた白衣のブリーダーが、定期検診の結果が詳細に記されたファイルを眺めながら難しい顔をしている。

「アルファになってから、ずいぶんと短期間で弱くなったものだね、飛月」

青い患者衣姿、診察台に仰向けに横になったまま、飛月は目を閉じている。

「八年前を思い出すよ。おまえは闘争心の弱い子だった。それがこうして生き残ってアルファにまで上り詰めて、私は嬉しく思っていたのだがね。やはり心身に無理な負荷をかけすぎたか」

「……俺は、まだやれる」

「しかしセロトニンの脳内分泌状態からいって、猟獣から人型に戻るのに、かなり苦労しているだろう？　過度のストレスから、海馬の細胞の変性が進んでいる。これ以上、海馬の萎縮《いしゅく》が進むと、人型に戻れなくなる」

この身体のなかから、人の部分が消えていく。肉体ばかりか、心――魂までも獣に成り下がる。

それが猟獣の成れの果て。

「それにしても、最近のストレスの掛かり方は異常だな。人と獣の危ういバランスで存在しているおまえたちには海馬を破壊するストレスが大敵だ。ただでさえ獣から人、人から獣へと肉体を造り変えるのにかかる負担は大きい。しかも凶悪犯罪者と対峙《たいじ》することも大きなストレスになる」

「そんな話は、耳が腐るほど聞いてる」

「――良心は棄てるようにと、言ったはずだよ」

飛月は思わず目を開いた。四十代なかばのいかにも医学士らしい風貌《ふうぼう》をしたブリーダーは、少し哀しげな表情をしていた。

「人がましい良心などというものを持って猟獣の仕事に臨めば、心は良心の分だけ深く傷つき、過度のストレスを生む。人間でも、激戦地からの帰還兵で心的外傷後ストレス障害《PTSD》を患っている者の脳をMRIで調べると、海馬の著しい縮小が見られる。おまえたちもそれと同じだ。半分は人でありながら、人間をその牙で殺す。凶悪犯相手に自分の命を危険に晒す恐怖と、良心の呵責《かしゃく》。そのストレスが、おまえたちを壊していく。……長く人の心と身体を留めたければ、良心を棄て、その分、心を軽くすることだ」

　良心。それを、確かに一度は棄てた。特権的地位であるアルファになって、尚季とともに暮らすためだ。でも正しくは「棄てた」のではない。「凍らせていた」のだ。

　尚季と暮らす日々のなか、自分の人がましい心は、解凍されていった。尚季の姿、声、匂い、温かさ。大切で、大好きで、胸が温かくなる。

けれど、良心の解凍は、飛月を容赦なく傷つける。

　仕事という名のもとで、自分はこれまでどれだけの人間を殺してきただろう。

　尚季と一緒になるためとはいえ、累々と屍《しかばね》を積んできた。良心を麻痺《まひ》させていたころはなんとも思わなかったそのことが、いま、どれほどおぞましいことかわかる。わかってしまったから、ターゲットを襲うとき、躊躇が生まれる。それがこの腕と脚の負傷の原因だ。

　確かに、自分が殺害してきたのは死刑という刑罰があるなら、その判決を受けるべき更生の余地のない重罪人たちだ。秘密裏に政府によって認められているからには、猟獣が人を殺すのは、社会的な罪ではない。

　それでも、殺人は殺人だ。

　人の命を自分が終わらせてきたという事実。まともに考えようとすると、頭がおかしくなりそうになる。これは罪だと、自分の心は知っている。

　――それに……

　それに、尚季が知ったらどう思う？

飛月が通り魔ひとりを殺害したことは尚季も知っている。自分は汚い。もともと処刑リストに載っていた通り魔を葬ったのだから仕事の範疇《はんちゅう》だったのに、それを「尚季のために殺した」というかたちにして、尚季が自分を拒絶できないようにしたのだ。

その事実と、他にも何十人という人間を殺してきたことを、尚季が知ったら……。

――怖がられる。嫌われる。一緒にいてもらえなくなる。

泣きそうになって、飛月はぐっと瞼を閉じる。

「そういえば、いま高校生の男の子と暮らしてるそうだね。その子とは、そろそろ終わりにしておいたほうがいいんじゃないか？　いくら一人暮らしとはいえ未成年者の家に転がり込むのはトラブルの元だよ」

「……また、あの男の告げ口か？」

「そんな嫌そうな声を出すな。二度も大怪我の治療をしてもらったんだろう。彼もかつては猟獣の研究に携わった身だ。民間人のところに猟獣が住みついているのを見過ごせないんだろう。その高校生とも交流があるそうだから、なおさら」

――あの男さえいなければ、この八年間も尚季と離れずにすんだのに。交尾できなくても、獣としてでも、尚季とずっといられたんだ。

尚季と自分の仲を邪魔してくる、あの白衣の男――与野が憎い。

「人間でも狼でもメスでもオスでも、おまえ好みのを用意してやる。アルファの特権だ」

「俺は、あの子以外とは交尾しない」

きっぱり言うと、ブリーダーが苦笑を漏らした。

「なるほど。その人間の少年がおまえの『番《つがい》』なわけか。狼は一度番うと他には行かないから、いますぐに別れろとは言えないか。しかし、仕事のほうには励んでもらうよ。最近、ターゲットからの返り討ちゃ自警団の手にかかって、猟獣の数が足りなくなっている。特に自警団が厄介だ。猟獣がターゲット以外の人間に危害を加えることは許されていないから、捕獲されたらされるがままになるしかない」

「やるべきことは、やる」

仕事をこなしてアルファの座にある限り、尚季と一緒にいることができるのだから。

検診を終えて診察室から出ていく飛月に、ブリーダーはデスクに向かったまま声をかけてきた。

「獣から戻れなくなった場合や、理性を失ってターゲット以外の人間を襲った場合は、これまでどおり速やかに処分する。アルファとして最期まで猟獣たちの規範になることを期待しているよ」

＊　＊　＊

ここのところの飛月は変だ。

ひどく苛《いら》ついた様子で、家のなかを徘徊《はいかい》する。頻繁に頭部を爪で引っ掻くせいで絶えない掻き傷に、尚季は軟膏を塗り込む。

尚季が家にいるあいだは、一秒も離れたくないみたいにくっついてくる。狭いバスルームにもかならず入ってきて一緒に入浴した。トイレはさすがに一緒にということはなかったが、用を足してドアを開けると飛月が立っている。さすがに嫌でちょっと怒ったのだけれども、飛月はやめなかった。

そうして、一コマ一コマを目に焼きつけるように、尚季のことを懸命に見つめてくる。

セックスに関しても、度を越していた。

泣いて反省したくせに、昼夜を問わずに尚季の身体を求める。学校から帰ったとたん玄関で押し倒されるなどというのはまだいいほうで、朝起きたらすでにセックスの最中で、体内に飛月の体液を含んだまま通学のバスに飛び乗ることまであった。

テレビを見ているソファのうえでも、ベッドのなかでも、気がつけば飛月に抱き締められている。しかしそれは甘い抱擁などではなく、まるで溺《おぼ》れる人に縋られているような感じだった。ともすれば強すぎる抱擁に、尚季の骨は軋んだ。

キスの回数も尋常ではなかった。唇を重ねていないと窒息するとでもいうかのように頻繁にキスをするから、尚季の唇は少し淫らに腫れてしまっている。

「大好きだ」

「愛してる」

「いつまでも、こうしてたい」

繰り返される告白は重くて切実すぎて、囁かれていると胸が痛くなってくる。

そういう飛月との関係は、十七歳のまだ成熟には間がある尚季の心身にはかなりの負担だった。それでもできる限り飛月の望むとおりにしたのは、自分が拒絶したら飛月が壊れてしまうような気がしていたからだった。

……飛月は壊れかかっている。

その想いは日を追うごとに増していた。


激しい雨の音で、尚季は夜中に目を覚ました。

寝返りを打って——強い腕に阻まれることなく寝返りを打つことができて、飛月が横にいないことに気づく。耳を澄ますけれども、階下からも物音は聞こえず、ぽかんとした空虚な闇が家中に広がっている。

——ああ、そうだ。飛月は仕事に行ったんだっけ。

子供のころから夜をひとりきりで過ごすことは多くて慣れていたはずなのに、二カ月間に及ぶ飛月との生活で、孤独への免疫は急速に失われてしまったようだった。ビュッという風音とともに雨粒が窓ガラスに叩きつけられる音にまで、心細さを覚える。

なんだか、飛月と出会う前の自分のほうが、腹が据わっていて大人だった気がする。

甘えることを覚えて、すっかり弱くなってしまった自分が情けない。

尚季はベッドから起き上がると、枕元に置かれた目覚まし時計の、蛍光塗料で緑色に光る針を見た。二時半を差している。

カーテンを捲くって窓の外を見れば、雨粒がビシャビシャとガラスに当たって砕ける。嵐といってもいいような空模様だ。

——飛月、大丈夫かな。

飛月は右脇腹に大きな縫合痕《ほうごうあと》があって、雨の日には疼くように痛むらしい。

黒い窓ガラスに描かれる水紋をぼうっと眺めていた尚季は、ふと眉根を寄せた。

——右脇腹の傷跡？

先日、クロタかもしれない大きな犬と会ったせいで、すぐに引っ掛かりが明らかになる。

——そういえば、二代目クロタも、右の脇腹に大きな傷痕があるんだよな。与野先生に縫ってもらった。

自分の心に深く入り込んできたふたつの存在の共通点。奇妙な偶然だ。

偶然……だろうか？

尚季の瞬きが止まる。ぐうっと意識が内側に向いていく。

真実に踏み込む勇気がなくて、先日から考えるのを保留にしていたことがある。

野犬に襲われて死亡したことになっている、凶悪犯罪の前科を持つ三人。少なくとも、そのうちのひとりは飛月によって命を奪われた。そして、札幌の二件は、飛月の札幌出張中に起こった。

飛月は果たして、国からどんな仕事を任されているというのか？

なによりも、飛月が「何」なのか。

石みたいに身を強張らせて答えを導き出そうとしていると、外から鉄の門を開閉する音が聞こえてきた。窓から見下ろせば、飛月が郵便箱に手を突っ込んでいる。飛月は仕事のときは鍵を持ち歩かないから、郵便箱の天井にガムテープで鍵を貼りつけておいて家に自由に出入りできるようにしているのだ。

尚季は意を決してベッドから下りた。階段を踏み締めながら一階に行き、飛月が鍵を使う前に施錠を外してドアを開ける。

玄関灯に照らされた飛月は、頭から爪先までびしょ濡れで、ぼんやりとした顔をしていた。

「……飛月?」

呼びかけられて、初めて尚季が目の前にいるのに気づいたようだった。

「あ――ただいま」

飛月がよろめくようにして尚季にぶつかってきた。


そのまま胸に深く抱き込まれる。

血の匂いがする。どろっとした生臭い匂いで、飛月のものではないと直感でわかる。生理的嫌悪に鳥肌を立てつつも、尚季は男の大きな背をそっと掌で摩ると、雨が吹き込んでくる玄関ドアを閉めた。

飛月に直接、真実を問い質《ただ》すつもりで下りてきたのだけれども、弱っている姿を目にしたら、そんな酷なことはできなくなってしまった。

尚季はリビングのソファに飛月を座らせると、風呂を沸かしているあいだに、バスタオルで彼の頭をわしわしと拭いた。上から下へと拭っていく。カーゴパンツの左の腿を拭こうとしたときだった。飛月が身体を竦めて、尚季の手を払った。

「自分でやる」

バスタオルを手から奪われる。

温かいココアで満たしたマグカップを渡すと、飛月はうつろな表情のまま、舌を出した。茶色い液体を舌でぴちゃぴちゃと舐めだす。尚季はそれを無言で見守る。

ピー…ピー…と風呂が沸いたのを知らせる機械音が鳴ったので、飛月をバスルームへ連れて行った。

そして、そのまま二分ほど廊下で息を潜めてから、尚季は洗面所のドアを開けた。洗面所に隣接するバスルームの磨りガラスの扉も続けて開ける。

飛月は全裸でバスタブの縁に腰掛けていた。

その左の腿のところには包帯が巻かれている。

ああ、やっぱり、と思った。

ここのところ、どんな激しいセックスをしても飛月は下の着衣をずらすだけで脚を露出することがなく、薄々おかしいと感じていたのだ。

この脚の怪我を隠したかったのだろう。

「怪我してるから、お湯に入れないんだ？　背中とか俺が洗ってあげるよ」

「……」

警戒と動揺の眼差しを向けてくる飛月を椅子に座らせて、尚季はパジャマの腕と裾を捲くると、温かい湯をたっぷり含ませたタオルにボディソープを泡立たせて、飛月の背へと滑らせた。背中にもいくつも傷が刻まれている。それらをひとつひとつ泡で優しく包み込む。右脇腹の古傷をそっと撫で上げると、飛月がびくりと震えた。

これは、八年前の傷だ。そして腿の傷は、二週間前、与野によって縫合されたもの。

国道で車に轢かれて息も絶え絶えになっていた黒い仔犬。真夜中に助けを求めて門に体当たりした大きな黒犬。そして、狩野飛月。

一本の線で結ばれる。

どんな魔法か呪《のろ》いか。まともな人間は、誰も信じないだろうけれども。

——クロタ、なんだ。

尚季のパジャマの両膝は、濡れたタイル床へと崩れた。

「……なおき？」

訝しげに飛月が名を呼んでくる。

なんだか夢を見てるみたいだ。

夢が叶う夢を。

温かな白い湯気が漂うなか、尚季は泡まみれの逞しい背に、頬をぎゅうっと押しつけた。


よほど疲れていたのだろう。飛月はベッドに入ると、尚季の首筋に顔を埋めるようにしてすぐに寝入ってしまった。

飛月は、クロタだ。

そしてたぶん、国から任されている仕事というのは、凶悪犯罪者たちの死と密接に関係している。

同じ施設で育ち、同じ仕事に携わっているらしい睦月はそのことを知っていて、だから『飛月が人殺しだったら、どうする？』などという質問を尚季に投げてきたのではないか。

そういえば公園で通り魔が死亡したのに対して、飛月は『あの通り魔は元からリストに載ってた。だから警察サイドはあくまで野犬による被害ってことで片付ける』と言っていた。そのリストというのは、出所した凶悪犯罪者のリストのことではないのか。

頭のなかで、バラバラだったパズルのピースがぴったりと嵌まっていく。

——だとしたら……飛月のやってることは、自分だけの欲得で勝手にしてることじゃないんだよな？

尚季が朧《おぼろ》ながら思い浮かべているものは、死刑執行人だった。

いまはもう死刑制度はないけれども、昔その制度があったころには、人間が死刑を執り行っていたはずだ。飛月の仕事は、それと同じようなものではないのだろうか？

それなら、死刑執行人が罪に問われなかったように、飛月もまた罪に問われるべきではない。

自分の大切な人が悪い存在であってほしくない、という気持ちからくる都合のいい推論なのかもしれない。

それこそとても身勝手だけれども、飛月が犯罪者ではなく、警察に捕まることもなく、このままずっと傍にいてくれるのなら、自分はそれだけでいいのだ。

それが、自分の幸せだから。

尚季は眠る男のしっかりした顎の下に指を差し込んだ。自分へと顔を上げさせて——緊張しながら、初めて自分から飛月に唇を重ねる。

……なんだか、犬のクロタとキスをしているような、ちょっと変な気持ちで。

心も身体も、とても温かくなった。

7

尚季に左腿の包帯を見られて、自分が黒い犬だとバレたと思った。

問い質される覚悟をしていたけれど、尚季はいつもと変わらず、いや、むしろ晴れやかな表情で朗らかにしている。

ということは、気づかなかったのだろうか？

——普通、犬と人間を結びつけたりしないってことか。

安堵するのと同時に、自分が常識的な理解から逸脱した存在なのだという事実が、改めて錐《きり》のように胸を刺した。

それでも、尚季といると、自分が完全な人間になったように感じられる瞬間があった。人間になって、十年後も二十年後も……五十年後までも一緒にいられる気がする。

たった八年で人間の二十六歳相応に達した自分に、そんなに時間が用意されているわけがないのに。

……狼の遺伝子を持つ猟獣は、およそ五年で人間の十七歳相応になる。それから三年で、人間にして九歳分の年を取った。人型のときは人間と同じ老化速度となるが、獣化しているときは狼の速さで年を取る。しかも、人から狼、狼から人へと変容するときに要するエネルギーは膨大で、その分、老化が進む。

飛月はこれまで、無理を重ねてきた。

尚季の元に一日も早く行きたかったからだ。

猟獣のトップであるアルファになれれば、ブラックカード使用を始めとする金銭面での優遇が保障され、施設外での滞在の自由が認められる。

性欲に関しても、アルファの特権として、ブリーダーが好みのタイプを、人間の女でも狼や犬の雌でも用意してくれる。とはいえ、人と狼のハーフである猟獣の種は、人にも狼にも犬にも着床しない——人の風邪が基本的には獣に感染らないのと同じ道理だ。猟獣の雌は製造されていないから、要するに単体で袋小路の存在なのだ。

幼いころから絶え間ない争いと命の危険に晒される猟獣たちにとって、アルファになることは、闇を抜けて光のなかに出るようなものだ。汚れ仕事に明け暮れる獣から、金と自由を持つ人間まがいになることができる。

身体も魂も傷だらけにして、いま自分は尚季とともにいる。

飛月はカーテンに濾過《ろか》された暁光に照らされる少年の顔を、瞬きもせずに見つめる。

この「いま」は、あとどのぐらい残されているのだろう？

自分のなかの人の部分が確実に失われていってい

るのを、日々、実感している。人の姿をしているのに、獣のような行動を気づかぬうちに取ってしまう。

昨日の晩などは、箸を使わずに皿に顔を埋めて豚の生姜焼《しょうが》きを食べていた。

尚季は、少し心配そうな顔をしていたような気もするが、「ふざけすぎだよ、飛月」と濡らしたタオルで顔を拭いてくれた。

食事だけでない。セックスのときも、まるで獣そのもののように、尚季に四肢をつかせてバックから苛むようになっていた……尚季はすすり泣きながらも、懸命に受け入れてくれる。

「ごめんな、尚季」

うっすらと隈《くま》が浮いてしまっている少年の目許に、そろりと唇を這わせる。

「……でも、きっとあともう少しだけだから、我慢してくれな」

＊　＊　＊

昼食時間の教室、窓際の席。購買の玉子サンドの端をぼんやり噛んでいると、弁当箱を口許まで持ち上げて三色ご飯を掻き込んでいたシゲルが顔を覗き込んできた。口いっぱいにご飯を詰め込んだまま、もごもごとなにかを言ってくる。

「なに?」

ウーロン茶のミニペットボトルを渡してやると、シゲルはそれで口のなかのものを胃に流し込む。ちょっと噎《む》せて、胸をドンと拳で叩いてから。

「尚季、最近やつれてね?　顔が小っさくなってるケド。隈もできてるし」

「そんなに酷い顔になってる?」

「今度は病弱な美少年キャラでもやる気か?　そうはいかねーからな。ほら、食え。肉だ肉」

口に鳥の唐揚げを突っ込まれる。隠し味にカレー粉が使ってあるらしくて、なかなか美味《おい》しい。

――飛月の好きそうな味だな。今晩はこれを作ろうかな。

こんなふうに、なにかあるごとに、それが全部飛月へと結びついていく。

恋をするというのはこういうことなのだと、気恥ずかしく実感する。

けれど、その甘やかさには、暗い影がつきまとう……飛月は尋常さを失うことが多くなっていた。まるで獣そのもののように本能のままに振る舞う。

幸せと不安が同じだけ嵩んでいた。

「あー、また野犬ニュース」

机のうえに置いた携帯電話の小さな画面に映し出されているテレビのデジタル放送。昼の帯枠のバラエティ番組が終わり、ニュースが読み上げられていた。

「そーいえば、先週も近くでオジサンが犬に殺《や》られたらしいじゃん。ほら、うちの親父、こないだから地区の自警団のまとめ役になったじゃんか。野犬狩りするぞーってえらい張り切ってんの」

先週の野犬被害は、飛月が血の匂いをさせて帰ってきた雨の夜に起こった。飛月から漂っていたどろっとした血の匂いが思い出されて、飲み込んだばかりの鳥の唐揚げをもどしたくなる。喉に力を入れてそれを堪えた。

「なんかさ、最近、奥多摩《おくたま》のほうで野犬が集団を作ってんだって。近いうちに、他の地区の自警団と結束して、そっちも掃討するらしいぜ。放っとくと、どんどん子供産んで増えてくからってさ」

「でも、野犬って棄てられたペットとか、ブリーダーが繁殖させた売れ残りを放したのだろ……人間の都合で、可愛がったり、棄てたり、追いまわして処分したりするなんて、勝手だよ」

それに大手を振って街中で大人が暴力を遂行する

ことは、絶対にそこで暮らし育つ子供たちにも影響を及ぼすはずだ。自警団こそが暴力容認の温床となっているように、尚季は思えてならない。

シゲルが弁当の蓋を閉めながら、なんでもないように言う。

「人間が勝手なのなんて、イマサラじゃん」

＊＊＊

小雨の降る午後だった。まだ二時だから、尚季が帰ってくるまでにはしばらくある。リビングのラグのうえに、飛月はうつ伏せに横たわっていた。

さらさらとした雨音。国道を行き交う車のタイヤが、湿ったアスファルトのうえを回っていく音。ときおり、人の足音が近づいてきては遠ざかる。空気が湿気で重たくて、こんな日はまるで時間まで進みをのったりとさせるようだ。こんなのたのたと時間がたつのでは、いつまでたっても尚季が帰ってこない。

早く尚季に逢いたい……そうだ、いっそ迎えに行ってしまおうか。前に迎えに行ったときはまだ授業の最中で怒られたが、いまから行って適当に時間を潰せば問題ないだろう。

考えついたら、いてもたってもいられなくなる。飛月はむくりと上体を起こすと、まるで犬が水を振り払うみたいに身体をぶるぶると振って、眠気の雫を払った。

携帯電話と鍵と小銭入れをカーゴパンツのポケットに突っ込み、ナイロン製のパーカーを羽織る。傘を差すのは面倒だから、パーカーのフードをばさりと頭に被る。

尚季の近くに行けると思うだけで、自然と心が弾む。もしいま尻尾が出ていたら、付け根からバサバサと振ってしまっていただろう。

玄関でショートブーツに片足の爪先を突っ込んだところで、インターホンが鳴った。普段は来客などまったくないのに、こんな時に誰だろう？　飛月は舌打ちしながらドアを開けた。

門のところに、灰色のセーターとスラックスを身につけた男が、黒い傘を差して立っていた。

「……あんたかよ」

思いきり不機嫌な顔をして見せると、男は眼鏡の向こうの一重の目に酷薄な笑みを浮かべた。

「少し君と話がしたいんだ——クロタ」

与野の爬虫類《はちゅうるい》みたいな目が嫌いだ。表情の薄い研究者特有の視線を、不躾《ぶしつけ》に向けてくる。

飛月はラグに片膝を立てて座り、ローテーブルの向こう、ソファに気障《きざ》に脚を組んで座っている獣医を睨む。

「八年前、よくも俺をここから攫《さら》ってくれたな」

この男は確かにいまは親切な町の獣医なのかもしれないが、かつては猟獣の研究に携わっていたことがあったらしい。小学生の尚季が運んできた大怪我をした黒い仔犬が、犬ではなく狼で、しかも猟獣だということを見抜いた。

与野は、尚季が学校に行っているあいだに由原宅を訪ね、家政婦に「これは実は犬ではなく、獰猛な狼なのです。尚季くんがこれ以上、情を移さないうちに離さなければなりません」と説いた。人間にとって「犬」は家族になり得るが、「狼」は猛獣だ。優しくしてくれていた家政婦は、一瞬で飛月を見る目を変えた。

尚季には事実を伏せておくようにと家政婦に言い含め、与野は暴れる飛月を注射で眠らせて、猟獣の施設へと送り返したのだった。

そして与野はいま、ふたたび飛月を尚季から引き離そうとしている。

「もう充分、尚季くんと過ごしただろう？　そろそろ潮時じゃないのかな」

「俺は……最期のギリギリまで、尚季といる」

「君はそれでよくても、尚季くんがもたない。今朝、バス停の近くで尚季くんに会ったが、ずいぶんとやつれていたよ。君が酷いことをしているせいじゃないのか？」

「……俺は」

日常の細々したことから交尾まで、最近の自分は尚季に負担ばかりかけている。

「もし尚季くんが外で具合が悪くなって倒れたりしたらどうする？　車通りの激しい道路や、階段で意識を失えば、命に関わることになるかもしれない」

尚季が車に轢かれる場面や、階段を転がり落ちていく場面が思い浮かぶ。飛月は青褪《あおざ》めながらも言い返す。

「それなら…それなら、俺が外にいるときも尚季の傍にいる。尚季が怪我をしないようにする」

「学校のなかにまでついていく気か？」

「……」

与野が溜め息をつく。

「最近、多いんだよ。自分を人間だって勘違いするペットがね。人間が甘やかすから、自分が獣だということを忘れて、いろんな権利があるんだと勘違いする。人は人。獣は獣。それは決して越えられない一線なのにね」

「――でも俺は獣だけじゃない。人間でもある」

「人間？」

与野は失笑した。

「まがい物もいいところだ。確かに、君たち猟獣のような存在は特殊だから勘違いしたくなる気持ちもわからなくはない。そうだな、君たちに一番似ている存在があるとしたら、『人魚姫』かな。お伽話《ときばなし》なんて無駄なものは、睡眠学習で叩き込まれなかっただろうが」

笑い含みの口調で、与野は上半身が人間で下半身が魚の少女の物語を話した。

人間の王子に恋をした身のほど知らずの半人半魚の少女が、魔女と取引をして大きな代償を支払い、脚を手に入れて、人間のまがい物になる。

そして、まがい物のくせに人間のふりをして、王子の元で暮らしはじめる。

もし人魚が王子の愛を得られれば、永遠の魂を得て人間となることができる。もし愛を得られなければ、海の泡となって消えるしかない。

けれど、所詮、まがい物が本物に勝てるわけがない。

王子は人間の美しいお姫様と結ばれた……人魚は選ばれなかったのだ。

「人間は、最終的に人間以外のものを選ばない。実にシンプルな答えだ」

——ちがう……尚季は、ちがう。

そう言いたいのに、口のなかは乾き、舌は干からびたようになってしまっていた。

愚かな人魚が、いまの自分そのもののように思われて。

「しかも君は、これまでどれだけの人間をその牙で惨殺してきた？　そんなことを知ったら、尚季くんはきっと、君を恐れ、疎むだろうね」

口のなかを切れそうに軋ませながら、飛月はようやっと言葉を吐く。

「俺はただ、尚季と、いたいだけ、だ」

「ああ、尚季くんとこうして一緒に暮らしたいから、人をいっぱい殺してアルファになったのか。でも、それならなおさら、もう一日も尚季くんと一緒にはいさせられない」

どうしてだと、琥珀色に染まった目で与野を睨みつける。

「自分と一緒に暮らすために、君がたくさんの人を殺してきたと知ったら、尚季くんはきっと自殺したいような気持ちになる。まともな人間なら、そうなるはずだ。猟獣の君には、そういう倫理観は難しくて理解できないだろうけどね」

「……」

これまで、自分が猟獣であることや仕事の内容を知られたら尚季に嫌われてしまう、ということばかり恐れてきたけれども。

——尚季が……自殺したくなる？

自分のしてきたことが尚季を傷つけ、苦しめる。そのことには思い至らなかった。

自分がわかっていなかったことを与野に指摘されたのは、強烈な一撃だった。与野の言うことは正しいのかもしれない。自分は所詮、半分獣だから、人間の心をきちんと理解できないのだ。自分が傷つくのはいい。でも尚季が傷つくのは耐えられない。尚季を守りたい……自分の罪で尚季を苦しめてはいけない……。

飛月の見開かれた琥珀色の目から涙が溢れだす。

「わかってくれたかい？　賢い君なら、どうすべきかわかるね」

飛月はうつろな表情で頷いた。

尚季を、自分という禍々《まがまが》しい存在から、守らなければならない。

＊　＊　＊

学校に行くとき空をうっすらと覆っていた灰色の雲から、いまは細かな雨が落ちてきている。尚季はいつも学校に置き傘をしているので——どんなどしゃ降りでも傘を持って迎えにきてくれる家人がいなかったから、置き傘の癖がついていた——その傘を差して家路に着いた。

——飛月、どうしてるかな。

最寄りのバス停から自宅までを小走りする。

しかし、家の玄関の鍵は閉まっていた。郵便箱の天井を探ってみると、鍵がガムテープで貼りつけてある。鍵を持っていかなかったということは、仕事に行ったのだ。

尚季は深く肩を落とし、眉間を曇らせる。

——怪我とかしてないといいけど。

尚季の推測が外れていなければ、飛月の仕事は大きな危険をともなうものだ。

怪我をしてはいないか、命に関わるようなことになってはいないかと、飛月が帰ってきてくれるまで気が気でない。

——献立変更。カレー味の鳥の唐揚げは今度にして、煮物にしよう。

どうも飛月は仕事のあとはあまり食欲がなく、肉やなまの魚貝類は食べたくないようだった。野菜や穀物ばかりを口にする。

尚季は家着に着替えると、大きな鍋《なべ》で、サトイモとシイタケ、ニンジン、ゴボウにチクワの入った煮物を作った。飛月好みに甘めの味付けにして、落とし蓋でしっかり味を染み込ませる。

日付が変わっても、飛月は帰ってこなかった。

仕事だと朝方に帰ってくることもあるから、尚季は寂しくひとり寝をした。

しかし翌朝目を覚ましても、飛月はまだ帰っていなかった。昨夜作った煮物は、寝かせた分だけ味がよく染みていた。帰ってきたら、喜んで食べてくれるだろう。そう思いながら学校に行き、ちょっと落ち着かない気持ちで授業を受けて、ダッシュで帰宅した。

飛月は帰っていなかった。

不安が胸の底からゆらゆらと立ち上ってくる。それを必死に散らしながら、尚季はリビングや二階の自分の部屋、父の部屋をうろちょろして、何度も窓の外を見た。怖いぐらい赤く染まった夕空が、闇に呑まれていく。

陽《ひ》が落ちてすっかり暗くなった父の部屋。尚季は明かりも点けず、窓辺へと父のデスク用の肘掛け椅子を動かした。黒いやわらかな革に腰を埋めるようにして膝を抱えて座り、窓の外をじっと見る。ここからは国道から家までの道が見通せるのだ。

少しでも身体を動かすと、不安がどろりと肌にまとわりついてくるから、尚季は微動だにせず、息を潜めて飛月の帰りを待つ。一分一秒、不安が膨れ上がっていく。それを圧縮して圧縮して、なんとか心に収めていたけれども——ついに堪えきれなくなる。

「……飛月、どこ、行ったんだよ」

震える声で呟く。瞬きするたびに、睫のあいだから涙が押し出される。

「電話ぐらい、しろよ」

肺が引き攣って、うまく呼吸ができない。

「なんで…帰って、こないんだよぉ…」

しかし情けなく泣きながらも、数分後にはひょっこり飛月が帰ってくるような気がしていた。

だって、あり得ない。飛月がこのままいなくなってしまうことなど、あるはずがない。

あるはずがないのに。

鍋のなかの煮物が黒っぽく染まっても、飛月は帰ってこなかった。

8

風邪だと偽って、もう三日も学校を休んでいる。シゲルが心配して何度か携帯に電話やメールをくれた。見舞いに行く、と言われて、親戚がきて看病してくれているからいいと嘘をついた。

そうして飛月を捜し歩いている。

家の近所の道、いつも使っているスーパーマーケット、飛月と一緒に行ったことがある隣町の大型デイスカウントショップやデパート、通り魔に襲われた公園といったところを回っては、もしかして家に帰っているかもと自宅を覗くことの繰り返し。

自分がいかに飛月のことを知らないのかを思い知らされていた。

飛月の荷物を漁ったけれども、携帯電話や財布といった情報を拾えそうなものは、なにひとつ残されていなかった。

当てもないまま、最寄りの駅から電車に乗った。シートに座っていることもできずに、電車の先頭車両から最後尾まで歩き、飛月の姿を捜して視線をうろつかせる。最後尾の壁に行き着いたところで、尚季は深く項垂れた。緩んでしまった涙腺《るいせん》が熱く濡れる。

飛月はどうして帰ってこないのだろう?

仕事で手間取っているのなら、電話をくれるはずだ。

己惚《うぬぼ》れではなく、飛月が自分のことを好きでいてくれたのを知っている。突然、心変わりして離れていったとは、どうしても考えられない。

——仕事で大怪我したとか?

それは充分に考えられる。腕や腿を負傷したように、もっと大きな怪我を負ってしまって、それで帰ってこられないのかもしれない。治療してもらえるところにいるならいいけれども、異常体質のこともある。助けも求められずにどこかで血だらけになっているとしたら……想像しただけで、叫びだしたくなった。血が滲むほど唇を噛み締めて、喉を震わせる。

もし、もしも、飛月が死んでしまったら、どうしよう。

二度と会えなくなってしまったら……。

目を赤くしたまま、電車を乗り継ぎ、大きなターミナル駅ごとに下車して構内を徘徊した。一度、飛月に似た背格好の人がいて駆け寄ったけれども、別人だった。

どうすれば飛月のところに辿り着けるのか、まったくわからない。

気持ちが砕けたようになりながら、酒臭い終電に揺られる。ひとつ手前の駅で電車を降り、以前、通り魔に襲われた、公園を分断している道路へと向かった。暗い公園の敷地を覗き込みながら、ふらふらと歩く……また自分が危ない目に遭えば飛月が助けに飛び出してきてくれると、無意識に思っていたのかもしれない。

しかし何事もないまま公園に臨んだ道は終わり、線路と交叉《こうさ》する地下道へと入る。

ここを飛月に抱きかかえられて通ったことが、ありありと思い出される。

鉛のように重い脚を引きずって、尚季は住宅街を抜けて国道沿いの道へと出た。

家に帰る気になれずにいると、歩道橋が目に入った。この歩道橋からクロタを見つけ、この歩道橋で飛月と出会った。

水色の歩道橋に上れば、もう一度、飛月を見つけられるような気がして。

歩道橋の空中通路に佇《たたず》む。ひとりぼっちだ。足の下からは車の騒音が聞こえているのに、なんだか深い穴にすっぽりと嵌まり込んでいるみたいに、頭のなかは黒い静けさに埋められている。

欄干に背を凭せかけるかたち、尚季は通路にしゃがみ込む。自分の膝に額をつけて小さくなる。

……階段を上る軽やかな足音が聞こえてくる。女の子だろうか。少なくとも、飛月の足音でないのは確かだ。尚季の意識はまた内側へと捲れていく。しかし、足音は尚季のいる場所から先へは進んでいかなかった。

訝しく顔を上げた尚季は、目を見開いた。

尚季と膝を付き合わせるようにして、ひとりの少年がしゃがみ込んでいたのだ。焦げ茶色の髪と眸をした――。

「なにやってんの、こんなとこでさ」

女の子みたいに愛らしい顔とは裏腹の、乱暴な口調だ。

「……睦月…？」

尚季は確かめるように名を呼びながら、少年の臙《えん》脂色《じいろ》のハーフコートの腕を摑んだ。

「睦月、だよなっ」

思わず詰め寄ると、睦月はびっくりしたらしく、尻餅《しりもち》をついた。尚季はさらに睦月に覆い被さるようにした。絶対に逃げられてはいけない。

睦月は飛月と同じ施設で育った。自分とは比べ物にならないぐらい、飛月のことをいろいろと知っているはずだ。飛月が帰ってこなくなって五日になる。この三日間は、朝から晩まで捜した。それでもわずかな端緒も摑めなかった。

藁《わら》にも縋る想いだった。

「ちょっ、重いっ！　なに乗っかかんてんのさ」

顔を赤くして睦月が怒るのを無視して、尚季は突っかかるように詰問する。

「飛月は？　飛月がどこにいるか、どこに仕事に行ってるのか、睦月なら知ってるよなっ!?」

睦月が目をしばたく。

「え？　尚季んとこにいないんだ？　てっきり、また仕事やりたくなくて尚季んとこに立て籠もってるのかと思って、迎えにきたんだけど」

「……じゃあ、飛月がいまどこにいるか……」

「僕は知らないよ。って、参ったなぁ。もう一週間ぐらい連絡取れてないんだけど。尚季が最後に会ったの、いつ？」

尚季を自分のうえからどかしながら睦月が訊いてくる。

「六日前」

「それから帰ってきてないってこと？　電話とかもなし？」

頷くと、睦月は欄干に背を預けるかたち、尚季と並んで座った。

その横顔に、強い口調で言う。

「睦月たちも知らないってことは、仕事じゃないってことか？　でも、仕事じゃないなら、飛月が俺になにも言わないでいなくなるなんて、あり得ない」

「あり得ない、って、自信満々じゃん」

以前、睦月が飛月に好意を持っているのかもしれないと感じたことがあったのを思い出したが、それを気にしている余裕はなかった。揺るぎない目で見返すと、睦月が苦笑を浮かべた。

「まぁ、確かに、飛月は尚季のことがバカみたいに好きだよ。飛月が尚季と一緒に暮らすために、どれだけ無理を重ねてきたか知ってるし」

いますぐに居場所がわからないにしても、飛月についてきちんと本当のことを知りたかった。尚季は意を決して、「変なこと訊くけど…」と前置きした。

「飛月の目の色が変わるの、知ってるか？　犬歯も獣の牙みたいになる……それで、たぶん犬に変身できる」

人が聞けば間抜けな内容と笑うかもしれない。けれども尚季は真剣に訊ね、睦月を凝視した。

返ってきたのは、拍子抜けするほどあっさりとした肯定だった。

「なぁんだ、気がついてたんだ。でも犬じゃないよ。狼」

「……え?」

「狼の遺伝子が入ってるんだよ。試験管で造られるキメラ。猟犬の猟にケダモノで、『猟獣』って呼ばれてる。飛月は森林狼、月貴は北欧狼、僕は日本狼の遺伝子が入ってる。いろんな種の遺伝子を使うことで能力の多様性を保持してるけど、北欧種が一番身体が大きくて戦闘能力も高いんだ。月貴は人間のときも綺麗だけど、狼になったときなんて神々しいぐらいだよ」

睦月がうっとりとした顔をする。

尚季はいま聞いたことを呑み込めず、ぽかんとしていた。


——猟獣? シンリンにホクオウに、日本オオカミ? 睦月と月貴も?

「言っとくけど、これは本当は一般人には極秘事項だから。でも、飛月がどれだけ尚季のことを想ってきたのか僕は知ってるから、あえてバラしてんの。尚季には知る義務がある。権利じゃない。義務だよ」

そう厳しい口調で釘《くぎ》を刺してから、睦月は半人半狼の『猟獣』がなんであるかを教えてくれた。

それは尚季が朧に想像していたものと、ほぼ同じだった。

更生の余地のない凶悪犯罪者を秘密裏に処刑することを、国家から任せられている存在……そのためだけに造り出された生き物。

「一番強い猟獣はアルファって呼ばれて、自由を得られる。飛月は尚季と暮らしたくて、できない無理を重ねてきたんだ。飛月の身体、見ただろ。傷だらけなの。あれは全部、尚季のために刻んだものだ」

思い出す。初めて飛月の傷だらけの身体を目にしたとき、飛月は言った。

『そんな顔するな。このひとつひとつの傷はぜんぶ、俺の願いを叶えるために必要なものだったんだ』

『いま、その願いが叶ってる』

――俺と一緒にいるのが……飛月の願いだったんだ。

「アルファになるために、飛月はたくさんの仕事をこなして心と身体に負荷をかけてきた。そのせいで、飛月と月貴は同じ八年前の春に生まれたのに、人間換算の肉体年齢で二十六歳と二十一歳っていう差が出てるぐらいにね」

尚季が想像しても想像しきれないほどの一途《いちず》な想いで、飛月は日々を過ごしてきたのだ。

由原尚季などという、どこにでもいるような少年と暮らすことを目標にして。

手の甲で目を拭っても拭っても、涙が溢れてくる。

そんな尚季の様子を、睦月はしばし無言で見ていた。そして呟く。

「人間のくせに猟獣のために泣くなんて、ヘンな奴《やつ》」

「ヘンでも――飛月が好きだから、仕方ないだろっ」

赤い目で睨むと、睦月はふざける色を消した。そして静かな厳しい横顔を尚季に晒す。

「飛月は、もう堕ちたのかもしれない」

「……堕ちた？」

「狼から戻れなくなったのかもしれないってこと。僕たちは獣化を繰り返すうちに脳の変身をコントロールする部分が壊れて、獣に近い存在になっていく。そして最終的には、人型に戻れなくなるんだ。飛月は無理を重ねてきたから、それが早くに訪れたのかもしれない」

「そんな…っ」

「遅かれ早かれ、猟獣の辿る道だよ」

睦月の目は、自身の未来を見据えているようにも見えた。

「完全に堕ちた猟獣は、処分される。逃走した者は仲間の猟獣が狩る。野犬以上に攻撃性の高い大きな狼をうろちょろさせておくわけにはいかないから」

心臓が衝撃に跳ねた。

尚季は睦月の肩を力いっぱい摑み、その大きな眸を自分へと向けさせた。

「待てよ…それじゃあ、もし飛月がその、堕ちてたら」

「近いうちに処分される」

「ダメだっ！　そんなの絶対にダメだっ――見つけ出して、俺が一緒に暮らす。それならいいだろ？」

「堕ちてしまったあとは、次第に人だったころの記憶が失われていく。ただ、本能のままに狩りをして、日々の糧を得るだけの獣になる。遺伝子操作されてる猟獣は並みの狼より身体が大きくて、獰猛なんだ。とても人間が飼えるような代物じゃない」

睦月が目を深く伏せる。

「最近の飛月の状態を考えれば、堕ちた可能性は高い。もしまだ堕ちてなかったとしても時間の問題だろうね。だからもう、人間の尚季は関わらないほうがいい」

骨肉を砕かれる痛みが全身を包んでいた。

息をするのも苦しくて動けないでいる尚季の横、睦月がすっと立ち上がる。尚季は震える睫を上げて、自分と年が変わらなく見える少年を見た。

「それでいいのか？　睦月は……飛月のこと好きなんだろ？」

「え？」

睦月がきょとんとした顔をする。

「僕が飛月をって――なんか、勘違いしてる？　飛月のことは嫌いじゃないけど、僕の好きは別にあるよ」

「だって、俺と飛月のこと反対してただろ」

「それは、尚季みたいなのほほんとしたガキじゃ飛月の命懸けの愛情なんて受け止められないだろうと思ったから」

睦月は自嘲《じちょう》めいた表情を浮かべた。

「飛月が報われなくて傷つくのは嫌なんだ。同じバカな片想いをしてきた身としては」

「俺は、飛月の気持ちをちゃんと受け止める——なにをしても、受け止める」

尚季から、雲に隠れて月も星も見えない空へと視線を移して、睦月がひとり言みたいに呟いた。

「あり得ないだろうけど……そうだったらいいな。飛月も僕も、こんなに無理してきたのに報われないんじゃ、けっこうキツいから」

睦月と別れる前に、彼の携帯電話の番号をなかば無理やり聞き出した。全面的に協力してくれる相手ではないけれども、飛月との繋がりを少しでも確保しておきたかった。

飛月はどこにいるのか。尚季は考えつづけた。

完全に狼になってしまったか、あるはいつ狼になってしまってもおかしくない状況だという。だとしたら、都心部は危険だ。あれだけ立派な身体を持った黒い狼は、人目につきすぎる。

——人目がなくて、ひっそり生きていけるところ……。

ふと、学校の昼食時間にシゲルが言っていたことが思い出された。

『なんかさ、最近、奥多摩のほうとかで野犬が集団を作ってんだって』

野犬が群れているということは、そこにはそれなりに水だとか食べ物だとかがあるということだろう。もしかすると飛月もその界隈に身を潜めているのではないだろうか？

可能性が少しでもあるなら、急いだほうがいい。

『近いうちに、他の地区の自警団と結束して、そっちも掃討するらしいぜ。放っとくと、どんどん子供産んで増えてくからってさ』

この界隈の自警団のまとめ役をしているシゲルの父からの情報なら、確かなはずだ。

もたもたしていたら、飛月は自警団に捕らわれて――私刑にされてしまうかもしれない。

尚季はベッドから起き上がると、クローゼットからバッグパックを出した。それを持って階段を下りる。何泊か野宿する覚悟だが、旅行と名のつくものは修学旅行ぐらいしかしたことがないから、なにを持っていけばいいのかよくわからない。とりあえず洗面所でタオル数枚と洗面用具を突っ込む。

台所に移動し、ミネラルウォーターのペットボトルや、封を開けていない食パン、母の墓参りに行くときに使うピストルのようなかたちをした着火器具を放り込んでいく。玄関の靴入れの端に納めてある非常持ち出し袋を引っ張り出す。

「これこれ。便利なんだよな」

両手で包めるぐらいの直方体の機械だ。オモチャっぽい作りだが、懐中電灯にもラジオにもなる優れもの。側面についているハンドルをぐるぐると回せば発電もできるから電池が切れても心配ない。

――それと、救急箱から包帯と軟膏も持っていこう。飛月の怪我はまだ完治してないはずだし。

あれこれと詰めているうちに、バックパックはいっぱいいっぱいになった。

最後に、尚季はシンクの下の扉を開けた。扉の裏側には包丁立てがついていて、出刃包丁や果物切りが差さっている。出刃包丁の柄を握り締める。

野犬が徘徊している山へと向かおうとしているのだ。できれば犬を傷つけたくないけれども、最低限の身を守るものは必要だった。

荷物を用意してから、自室に上がってパソコンを立ち上げる。ひと口に奥多摩といっても広大だ。そのどこに野犬たちが群れているかの情報を集める。さすがに社会的に問題になっているだけあって、自治体や個人の運営するサイトがいくつも検索にかかる。

奥多摩の問題の地区をチェックすると、周辺地図をプリントアウトした。

時計を見れば、まだ二時半だった。電車が動きはじめるまでには、まだまだ時間がある。気が昂《たか》ぶっていて眠れるかはわからなかったけれども、山道を歩きまわることになるだろうから体力を蓄えておく必要がある。尚季はベッドにもぐって、とにかく目を閉じた。

立川《たちかわ》駅で電車を乗り換えて、一時間と少し。車窓から見える景色は、どんどん自然へと呑み込まれていく。目的地で下車した尚季は改札を出ると、プリントアウトした地図を出して位置確認をする。

野犬が多く出没するというキャンプ場周辺までは、一・五キロほどある。地図で見ると、巨大な蛇がゆるやかに身をくねらせているように見える道路を、尚季は歩きはじめる。自然観光と温泉を売りにしている土地らしいが、さすがに観光客らしき姿はなく、人影は疎らだ。

のどかな様子の町のあちらこちらには『野犬注意』の看板が立てられている。

野犬たちが本当の山奥にはいかず、人里にほど近いところで群れているのは、山を下りれば簡単に食料を得ることができるからだ。主婦の買い物袋、店頭の品、菜園の野菜、生ゴミの袋。いくらでも腹を満たすことができる。これから冬になって山から食べる物が減れば、なおさら野犬たちは頻繁に集落を襲うようになるだろう。

シゲルの父親たち自警団が、わざわざ遠隔地である奥多摩の野犬退治に乗り出す算段をしているのは、それを見越してのことに違いなかった。

道を歩いていくと、四十過ぎぐらいの女の人に「ねぇ、そこの僕」と呼び止められた。緑灰色の厚手のカーディガンを羽織った目尻のやわらかい人だ。

「この先まで行くなら野犬が出るから、タクシーかバスを使ったほうがいいわよ」

婦人は、昨日も集落と集落のあいだの道路で、野犬に人が襲われたのだと教えてくれた。いくらこれから野犬の巣窟《そうくつ》に入っていくとはいえ、無駄な危険は避けたい。尚季は彼女に礼を言い、バスでキャンプ場へと向かった。

宿泊用のロッジや炊事場があるキャンプ場施設は無人だった。尚季はバックパックを左肩だけに掛けなおし、カバーを開けてすぐ手を突っ込めるようにする。もしも野犬が襲ってきたら、一番上に入れてある包丁を摑み出せるようにだ。そうして、キャンプ地から短い森の小道を抜け、河原へと出た。

川面《かわも》は陽光を砕きながら、煌き流れている。

尚季は河原の大粒の砂利のうえを川沿いに歩きながら、あたりに注意を走らせる。しばらくたったころ、ふいに対岸の木々のあいだを影が駆け抜けた。

思わず、スニーカーの足で川に踏み込み、対岸を凝視する。

また、なにかが走った。よく見えなかったが、かなり身体が大きくて黒っぽかった気がする。

「飛月…？」

思わずそのまま川を突っ切ろうとしたが、川底の流れは思いのほか早く、足を取られそうになる。川の中央部は水深もかなりありそうだ。歩いて渡るのは無理だろう。

尚季はびしょ濡れになったスニーカーで、きた道を全速力で戻った。道路に出て橋を渡る。橋を越えて少し行ったところに、左手へと曲がる細い道が通っていた。その道を行けば、さっき見た対岸へと出られるはずだ。

尚季は土を固めただけの細い道へと入っていった。

高木の森は葉を落としてなお、幾重にも交叉する枝に空を覆われ、薄暗かった。空気は冷ややかな湿り気を帯び、肌にまとわりついてくる。生理的な危機感が一歩進むごとに、心臓に重く圧し掛かってくる。

それでも尚季は、足を緩めなかった。

さっきの獣らしき影は、もしかしたら飛月かもしれないのだ。息が切れかけたころ、さきほど対岸に見た河原が左手に垣間見えた。とすれば、獣はこの辺を走っていたことになる。

歩調を緩め、声を張る。

「飛月、いるなら出てきてくれよ！」

繰り返し呼びかけるけれども、声は森に吸い込まれるばかり。

尚季は野犬たちを刺激しないように少し声を抑えて飛月の名を呼びながら、勾配《こうばい》のある森のなかの細道を進んだ。

と、右奥の高木の合間をまた影が走った。

こういう場所で道から逸《そ》れることの危なさを認識しないまま、尚季は影を追いだす。気がついたときには、自分がどちらの方角からきたのかすっかりわからなくなっていた。

川のせせらぎも聞こえない。かなり森の奥まで入ってきてしまったようだ。

携帯電話が圏外になっているのに気づいて、急激に心細さが込み上げてきた。尚季はペットボトルの水を少し飲んで気持ちを落ち着かせると、川へと戻ろうと歩きはじめた。

しかし、歩けど歩けど、川にも小道にも出ない。

初冬の夕暮れは早い。梢《こずえ》が赤く燃え、次第に足元に闇が拡がっていく。

少しでも視界があるうちに人間のいる場所に戻りたい。なかばパニック状態に陥って走りだしたのがいけなかった。

躑躅らしき低木を掻き分けて足を進めた次の瞬間、身体がふっと浮いた。

あっと思ったときにはもう、崖《がけ》を転がり落ちていた。足が木の根らしきものにぶつかって、身体が投げ出される。宙でぐるりと前転した直後、尚季は頭部に激しい衝撃を覚えた……。

「ん……うっ、く」

身体のあちこちが痛い。関節という関節がバラバラになっているみたいだ。尚季は重い瞼を上げた。

目を開けたはずなのに暗闇しかない。

――崖から落ちたんだった。

野犬が跋扈している森深くに迷い込み、転落して気を失っていたのだ。自分の陥っている状況を把握すると、背筋がゾッと冷たく震えた。立ち上がろうとして、尻餅をつく。左足首が燃えるように痛い。どうやら、酷い捻挫《ねんざ》をしてしまったらしい。

尚季は左肘に引っ掛かっているバックパックの口に手を突っ込んだ。包丁を出してから、懐中電灯を探す。手間取っていると、ふいにパキパキッという音が闇のなかから響いた。また、枯れ枝が踏み折られる音が聞こえてくる。冷や汗が項から噴き出した。尚季は必死にバックパックのなかを漁った。ようやく探し物が見つかる。

震える指でそれの電源の摘みを回すと、光の輪がぽうっと手元から拡がった。

「…ひっ」

光が照らした空間、檻のように林立する木の陰に潜む四足動物の姿が浮かび上がったのだ。
グ、ウウウ…グルル……ウーウゥ……威嚇の唸りが、大気を震わせる。自分に向かってこんな唸り声を上げるということは、きっと飛月ではないのだ。
尚季は汗にぬめる手で包丁の柄を握った。

木の陰の獣が、襲いかかる直前の体勢、ぐうっと身を低くする。

弾丸のようにそれが飛びかかってくる。

「うぁあ」

このまま飛月に会えずに、野犬の餌食《えじき》になるのだろうか？

尚季は思わず目を閉じて、無我夢中で包丁を宙に突き出して叫んだ。

「飛月、たすけて……飛月、飛月っ!!」

襲われる衝撃はしかし、いつまでたっても訪れない。

おそるおそる目を開けると、尚季は改めて懐中電灯で正面を照らした。

光が一匹の大きな獣を闇から切り抜く。

「あ……」

尚季は大きく目を見開いた。

黒いつややかな毛を持つ、逞しい生き物。琥珀色の眸が発光するように鋭く煌いている。

「ひ、づき？」

尚季は痛む左足首に負担をかけないように四肢をついて、狼へと近づいた。こうして同じ姿勢になると、いかに狼の飛月が大きいかがわかった。畏怖と、再会できた悦びとが、同時に身体の底から湧き上がってくる。

「ここにいたんだ、飛月——逢いたかった。ずっと捜してたんだよ。俺と帰ろう」

そう言って手を伸ばすとしかし、飛月は鼻の頭にぐうっと皺を寄せた。そしてウウウ…と低い唸り声を上げる。それはたぶん、クロタのころも含めて、初めて飛月から向けられた拒絶だった。

黒い狼はふいと鼻先をそむけると、左後ろ足を引きずりながら身体の方向を変えた。木々のあいだの闇へと消えていこうとする。尚季は思わず立ち上がり、走って追いかけようとした。けれど左足首に激痛が走り、湿り気を帯びた土のうえにどっと転がってしまう。それでも立ち上がり、数歩走って、また転ぶ。

「飛月、待ってよ——飛月っ」

森林狼の遺伝子が、飛月には入っているという。こんな森の闇に馴染むようにできているのだろう。何度目かに転んで顔を上げたとき、飛月の姿はなくなっていた。

「嫌だ、飛月……」

尚季は大地に伏せた。

秋に落ちた葉が朽ちて土に還っていく匂い。自然そのものから、異物だと突き放されている気がする。

身を守る密生した毛も持たず、人工物に囲まれて生まれ育った自分には、自然はとても遠い——自然に戻った飛月にとってもまた、自分は異質な遠い存在になってしまったのだろうか。

この巨大な空間から排斥され、闇の底で小さく蹲るしかない。

……もしこのまま野犬の群れに襲われても、構わない気がしていた。

飛月といられないのなら、生きていたくない。あの家でひとりぼっちで過ごす毎日など、続いても意味がない。

丸めた背を嗚咽《おえつ》に震わせる。剝き出しの項から体温が逃げていく。

自分も枯れ葉のように朽ちれば、この自然に還してもらえて、飛月にもう一度近づけるのだろうか
——朦朧とする意識でそんなことを考えていると、

ふいに項が温かく濡れた。

土にこめかみを押しつけるようにして、腫れた瞼を上げる。

「ぁ…」

美しい森に、美しい獣が、佇んでいた。

……先刻までは一滴も落ちていなかった月光が、いまは何層にも重なった裸の梢を縫って、しとどに零れていた。青みの強い光の帯が、森の底へと数えきれず、垂らされている。

そこに溶けるように、飛月がいる。

生き物と自然が一体となって、完璧な絵となっていた。

畏敬《いけい》、という言葉の意味を、尚季は生まれて初めて体感する。

「飛月―――」

尚季は身体を起こすと、黒い森林狼へと、そっと手を伸ばした。耳の後ろのふわっとした毛を撫でる。

そのまま、両腕で狼の首に抱きついた。

「一緒にいたい」

きつくきつく抱き締める。

このまま、ずっとこうしていたい。

「飛月しかいらないから……一緒にいさせてくれよ」


飛月はバックパックを口に咥えて、尚季を背に乗せた。そうして、しばらく走り、斜面にある洞穴《ほらあな》へと尚季を運んでくれた。

出入り口部分は一メートル四方ぐらいだが、なかは広い。奥行き五メートルぐらい、幅は二メートル強、高さは尚季がちょっと身をかがめるぐらいだ。

持参した懐中電灯で照らすと、穴の奥には飛月の鞄が置いてあった。鞄の横には服が置かれている。尚季が教えたとおり綺麗に畳んであった。

寝床として使っているのか、薄手の毛布が一枚、土の床に拡げられている。

おそらく飛月は人型のまま森に入ってこの洞穴を見つけて、寝泊まりを始めたのだろう。そして、獣化した。一時的な獣化なのか、睦月が言っていたように堕ちてしまったのかは、尚季には判断できない。

「飛月、足の具合はどう？　薬、持ってきたんだ」

完全には警戒を解いていない様子だったが、飛月は左後ろ足の傷を検めさせてくれた。少し化膿して腫れているそこに軟膏を丁寧に塗り込み、包帯を巻く。

尚季はそれから、自分の左足のスニーカーと靴下を脱ぎ、ジーンズの裾を捲った。足首は赤黒くなって腫れていた。

「ふたりして左足を怪我して、嫌なお揃いだなぁ」

そう軽口を叩きながらその腫れている部分に指を軽く押し込むと、脳天まで痛みが響いた。思わず自分の脛《すね》を両手でぎゅうっと握って、目に涙を滲ませる。

と、少し離れたところで蹲っていた飛月がむくりと立ち上がり、足元へと寄ってきた。黒い鼻先が尚季の脛に当たる。ぴちゃっと濡れ音がたった。腫れている足首を、大きな舌が舐める。

そうされると不思議と痛みがやわらぐようだった。

「ありがとう」

舐めてくれるお礼に、尚季も飛月のつややかな背を撫で返した。

こんな帰り方もわからない森の奥なのに、飛月と一緒ならば、家にいるのと変わらない安堵感を覚える。いや、ひとりきりで空っぽの家にいるより、いまのほうが何十倍も心強い。

その晩、飛月は寒くないように、ハーフコートを着たまま毛布のうえに横になった尚季にぴったりと寄り添って寝てくれた。自分も少しでも飛月を温められるように、尚季は狼の引き締まった肉体を抱き締める。

ほぼ一週間ぶりの、とても幸せな深い眠りだった。


翌日になっても飛月は狼の姿のままだった。

――もしかして、もう人間に戻れなくなった、とか？

そう考えると、腹の奥のほうが不安に冷たくなる。

睦月の話によると、完全に狼になってしまった猟獣は処分されるという。

だとしたら、これまでの滞在先である自分の家などに連れ帰ったら、一発で見つかってしまい、飛月は殺されてしまうだろう。

なにが最善の策なのか、考えなければならない。

昼近く、尚季は持ってきた食パンで腹を満たしたが、飛月はなにか動物を狩って食べたようだった。とはいえ尚季に気を使っているのか、穴のなかには獲物を持ち込まなかったのだけれども。

洞穴からすぐのところには、小川が流れている。

尚季は川の縁に座ると、その冷たい清水の流れに腫れた左足首を浸した。捻挫は思いのほか酷いようで、そのせいか身体が熱っぽかった。

飛月は小川の少し離れたところで、水にじゃれるようにときおり身体を跳ねさせている。陽光にきらきらと散る水飛沫《みずしぶき》、野生的なしなやかで力強い躍動。それは心のなかが洗われるような美しさだった。

てっきり遊んでいるのだと思ったのだが、しばらくすると飛月は尚季の横へと飛んできた。その口に咥えられているものを見て、尚季は目をしばたく。

「魚？」

けっこう大きさのある川魚が地面に置かれる。

「これ、俺にくれるの？」

訊ねると、飛月は鼻先を尚季の茶色いハーフコートの胸元に擦りつけてきた。

「ありがとう、飛月」

びしょ濡れになった鼻先に唇を押しつけると、立派な尻尾が嬉しそうに根元から振られる。人型のときの飛月も感情表現はストレートだったけれども、それがいまは尻尾で筒抜けで、尚季はちょっと笑ってしまった。

夕方、尚季は持ってきた包丁で飛月が獲《と》った四匹の魚を捌《さば》いた。それから飛月が集めてきてくれた枯れ枝に着火器で火を点け、魚を炙った。二匹ずつを分けて食べる。

これからどうすればいいのかわからない状況にも関わらず、飛月とともにゆったりした自然に抱かれた一日は、満ち足りたものだった。

しかし夜になると、尚季の左足首の腫れは一段と酷くなった。熱もかなり出ているようだ。

飛月は自身がここに着てきたのだろう革の上着を口と前足で拡げて尚季にかけてくれた。そして心配そうに尚季の火照った頬を舐める。

……猟獣は完全に獣化してしまうと、人型のころの記憶が薄れていくという。

だとすれば、いつか飛月は自分とのことを忘れてしまうのだろうか？　最悪、自分のことが食料にしか見えなくなる日がくるのかもしれない。

熱に浮かされた頭で考える。

もしこのまま熱が下がらなくて、弱って死んでしまったら、飛月の越冬の食べ物にしてくれればいい。

――そしたら、ずっと一緒にいられるもんな。

いつしか、頬を舐めていた飛月の舌は首筋へと移っていた。人のものとは違う、ざらりとした大きな舌に薄い皮膚を舐められる。

「……ん」

自然に喉が鳴ってしまう。

ぞくりとする感覚に肩を竦めると、ほんの軽く首筋に牙を立てられた。甘噛みされる痛みが、ダイレクトに腰に熱い波紋を拡げる。

たぶん、飛月は労《いた》わる気持ちでしてくれているのだろうけれども……自分の乱れていく吐息に、尚季は恥ずかしさと罪悪感を覚えた。


尚季の体調は崩れるばかりだった。

熱が下がらない。いつも、怪我をしないように風邪をひかないようにと人一倍、神経質に予防してきた分、尚季の身体は自然治癒力を欠いていたのかもしれない。

それに、ここに辿り着くまでの一週間近く、飛月を捜し歩いて、ろくに食事も睡眠も取っていなかったのも悪かったのだろう。

なんとか口に押し込んでいた食パンも底をついた。飛月が魚を運んできてくれるが、それを調理することができない。でも気持ちは本当に嬉しくて、「ありがとう」と飛月の頭を何度も撫でた。

朦朧とした状態で、浅い眠りと覚醒《かくせい》を繰り返す。

夢のなかで尚季は自宅に戻っていた。もちろん飛月も一緒だ。飛月は人間になったり狼になったりと、ころころと姿を変えるのだけれども、尚季はそれを普通に受け止めている。飛月は飛月だから、どちらでもよかった。この生活が続いていくことだけが、大切で、嬉しくて。

……食べ物の匂いがして、目が覚めた。

洞穴の入り口からは眩しい陽射《ひざ》しが差し込んでいる。飛月の姿はない。尚季は自分の横に置かれている袋を見た。コンビニエンスストアのレジ袋だ。食べ物の匂いはそこからしている。だるく手を伸ばしてなかを検めると、幕の内弁当と数個の菓子パン、それにコンビニコスメらしい化粧水と女性ファッシヨン誌が入っていた。

　これを飛月が女性から奪ったことは容易に想像できた。

　――こんなことしたら、危ないのに。自警団だって目を光らせてるはずだ。

　とはいえ、飛月が危険を冒してまで運んでくれた貴重な食料だ。

　尚季は熱でぐったりしている胃に、煮物や魚の切り身、ゴマのかかった白米を詰め込んでいった。久しぶりのバランスのいい食事だった。胃にしっかりと溜まるのを感じる。食後には、飛月が小川からペットボトルに汲《く》んできてくれていた水を飲む。身体中の血が胃に集まっているみたいで、急速に眠気が訪れる。

　そのまま眠り込んでしまったらしい。

「グ…ウウゥゥ…グ…」

　耳元で唸り声がする。眠る前より少し身体が楽になったように感じながら目を開ける。

　夕陽の赤が差し込んでいるなか、飛月がすぐ横に蹲っていた。口になにかを咥えている。尚季が訝しみながら手を伸ばすと、掌にぽとりと箱が落とされた。

「鎮痛剤？」

　ドラッグストアで売っている、解熱効果のある鎮痛剤だった。箱ごとということは、店の棚からじかに盗《と》ってきたのだろう。

　さすがに尚季は血相を変えた。自警団が見まわっているだろう街中で、まだ陽もあるうちに大きな狼――一般人は、巨大な野犬と思っただろう――が店に侵入したとあっては、大騒ぎになっているに違いない。

　叱ろうとする尚季に、飛月はペットボトルを鼻先でつついて、薬を飲むように促す。

　尚季は二錠を飲んでから改めて怒った顔を向けた。

が、すぐに飛月の様子がおかしいことに気づく。瞼を重そうにして、身体全体で息をしている。

「……飛月、どうかした？」

尚季はずるりと起き上がると、飛月に触れた。熱い。

慌ただしく身体をまさぐっていくと、右前足に触れたとたん飛月が低い唸り声を上げた。札幌で負傷した傷が悪化したのかと思ったが、どうも違うらしい。足先のほうに触れた尚季は大きく眉を歪めた。足が途中からぶらんとなっているのだ。

「どうし……これ……骨が折れて？」

おそらく、ドラッグストアの店員か自警団にやられたのだ。

「俺のために、こんな怪我――」

尚季は確信する。もう間違いない。

飛月は、人間に戻れなくなってしまったのだ。

人型でなら金を払って普通に買えるものを、飛月はもうこんなかたちでしか手に入れられない。飛月の鞄のなかの財布にはブラックカードが差されている。けれどそれは、いまやなんの役にも立たない。

やむなく盗んだ薬を、人間に傷つけられながらも三本の足で運んできてくれたのだ。

息が苦しくなって喉が震えたけれども、尚季は泣くのを必死に堪えた。

――ダメだ。俺がしっかりしないと。

なにか添え木になるようなものを探して、それで骨折部分を固定しよう。

尚季は壁に手をついて立ち上がった。左足首が痛んだが、息を止めながらひょこひょこと洞穴の外へと向かう。普段なら薬を飲むとすぐに眠くなるのだが、神経が立っているせいか意識ははっきりしていた。

枯れ枝なら、そこかしこに落ちている。しかし、飛月のがっしりした足を固定するには、ある程度太さのある枝でなければならない。木の幹に摑まり摑まり探し歩く。

洞穴から少し離れた崖の下まで来たとき、ようやく丁度いいものを見つけることができた。急いで戻ろうとした尚季はしかし、崖のうえから人の話し声が聞こえてくるのに動きを止めた。

「おっかしいなぁ。確かに、こっちのほうだったよなぁ」

「ああ。にしても、でっけぇ黒犬だったよな。なんの雑種だとああなるんだ?」

「あれだけデカかったら、殴り殺し甲斐があるだろうなぁ」

自警団の人間のようだった。

——飛月を追って、ここまできたんだ!

心臓がどくりどくりと打ちだす。男たちが行き過ぎるのを待ち、尚季は洞穴へと戻った。

飛月の右前足に包帯で添え木を固定しながら尚季は告げた。

「自警団の人間がこの近くまできてる。お願いだから静かにしててくれ」

狼の琥珀色の目が戦闘的にぎらつく。包帯を巻き終わったとたん洞穴の出入り口に向かおうとする飛月を、尚季は抱きすくめた。手負いのせいで獰猛な闘争本能が前面に出てしまっているらしい。

「ダメだよ。その身体じゃ、まともに戦うことも逃げることもできないだろ。ここで俺と隠れてるんだ」

飛月を押さえ込むように抱き締めたまま、あたりが暗くなるまでじっとしていた。

さすがに野犬が徘徊している夜の森で狩りをするほど自警団も愚かではないらしい。犬の遠吠《とおぼ》えがときおり聞こえる他は、静かな夜が訪れていた。

尚季は懐中電灯のハンドルをしばらく回して充電し、洞穴に弱い光源を作り出す。それから寝床用の薄い毛布を引っ張ってきて、飛月の傍らに横たわった。飛月が鼻先を首筋に擦りつけてくる。甘えてくる湿った鼻先を、尚季は遣る瀬《やせ》ない気持ちで撫でた。

――どうすればいいんだろう……

自警団の男たちは残虐を愉しむ気でいる。見つかってしまったら、飛月を守りきれないかもしれない。もしその場で私刑にされなくても、捕獲されたことが猟獣の施設に知れたら、飛月は処分されてしまう。

そうだ。今回は逃げおおせたとしても、猟獣たちに狩られたらおそらく逃げきれないのではないか。

自分がもっと世の中のことを知っていて機転が利いたら、あるいは大人だったら、この窮地からの抜け道を探すことができるのだろうか？

情けなさと不安に押し潰されそうになっていると、飛月が首筋を舐めてきた。

舐められるところから、甘い痺れが頭のなかまで拡がっていく。背筋がぞくぞくとして、気がついたときには、腰全体にだるいような甘さが嵩んでしまっていた。

これ以上舐められたら、おかしな肉体的変化が起こってしまいそうで、尚季は飛月の顔をそっと退けさせた。

「飛月……もう、いいから」

不安定に掠れる声で告げる。琥珀色の眸が訝しむように覗き込んでくるのに、尚季は赤面して、劣情に潤んだ目を閉じた。

人型の飛月の眸が琥珀色に染まるのはたいていセックスの最中だったから、その目を見ていると条件反射で、快楽で壊れそうになった感覚を思い出してしまうのだ。

飛月であると同時にクロタである存在に対して妄《みだ》りがましいことを連想するのは、とてもいけないことのように思われた。だから眠ったふりをするのに。

耳に温かな吐息がかかってくる。

「ちょっ、くすぐった――……ぁっ」

耳をピチャピチャと舐められて、こそばゆさに下肢が蕩ける。尚季はいかにも性的な感じに、身体をひくりと震わせてしまう。火照る耳の奥へと唾液が流れ込んでくる。

「ぁ、んっ」

ジーンズの下腹が張ってしまっていた。それを自覚すると、尚季はもう目を開けられなくなってしまった。飛月は飛月だけれども、狼の姿の飛月にこんな反応をする自分が信じられない。怖いような、どうしたらいいのかわからかないような感じで、両手で床に敷いた毛布をくしゃりと握って、そこに顔を押しつける。

首筋の匂いを嗅がれた。きっと、発情の匂いを発してしまっている。

まるで愛撫するみたいに、胸や鳩尾に鼻先が押し当てられる。それが少しずつ下がっていき、臍のあたりをつつかれた。そして——。

「ぅ……ふ」

ジーンズの下腹の硬くなっている部分を、鼻先で何度も擦られていく。擦られるごと、そこは強張りを増した。濡れだした先端を小刻みにつつかれれば、腰がビクビクしてしまう。

「ぃやだ……ん、んっ」

ジーンズのうえから舐められると、身体の芯が戦慄いた。

——どう……しよ……漏れそ……っ。

尚季は自身の下腹に手をやり、性器を守るようにした。その手の甲を忙しなく舐められる。

——こんなふうに……そのまま舐められたら……。

すさまじい誘惑が寄せてくる。理性の輪郭を蕩かされていく。

飛月が手首を甘噛みしてきた。言葉はなくても、彼の求めていることがわかる。

もう、堪えられなかった。尚季はぎこちなく片手でジーンズのウエストボタンを開けた。ジッパーを下げる。下着の布を勃起が思うさま突き上げるのがわかる。躊躇っていると、焦《じ》れたらしく牙が下着のウエストに引っ掛けられた。濡れ濡れとした茎が外に弾み出る。

先走りの匂いを嗅がれるのがわかって、尚季はふたたび両手で毛布を顔に押しつけた。

なまの性器を、根元から先端まで、人のものとは違う大きな舌で舐められた。

「は、ぅ……ん、あっ、ぁぁ」

美味い餌の味を堪能するように、何度もあられもなく舐め上げられる。全身を舐めまわされている錯覚に陥るほど、それはすさまじい快楽で。

見てはいなくても、尚季は閉じた瞼の裏でいまの自分のありさまを描いてしまっていた。

腰を少し引くかたち、くの字型に横倒しの身体を曲げている。くの字のへこみのところからは、腫れた茎が突き出ていて、それを黒い狼が忙しなく舐めている。強い舌に翻弄されて、ペニスが根元から揺れる。狼の唾液と、みずからの先走りとで、茎全体はびしょ濡れになっていて……。

極まりそうになって、尚季は腰をきつく引いた。人ではないものに射精させられる躊躇いが、胸で逆巻く。しかしすぐにまた先端を舌先で叩くように舐められる。過敏になっているそこが、痛いほど張り詰める。

ヒクつく尿道口から先走りをこそげ取られると、茎の中枢をぐうっと熱が遡った。

「あ、んっ、ぁ、出る……出ちゃうよぉ…飛月っ――う、ぅ」

溢れる白濁を激しく舐め取られる。ピチャピチャという重ったるい濡れ音が洞穴に卑猥に響く。

果てきって緩んだ茎を、綺麗に舐め拭われた。

波が去って冷静になってくると、なおさらいたたまれなくて、尚季はギュッと目を閉じたまま、下腹の衣類の乱れをたどたどしい手つきで直した。

とても飛月を見られない。ほとんどうつ伏せになるようにして顔を伏せていると、しなやかで逞しい獣の身体が横に添ってきた。

バサ…バサ…。

脹脛《ふくらはぎ》に、なにかが定期的に当たる。

それが嬉しさに振られている飛月の尻尾だと気づいたとき、尚季は自分のなかで罪悪感が少しだけ溶けるのを感じた。

9

翌日の早朝、薬の鎮痛効果と解熱効果か、まだ少し熱っぽいものの頭がすっきりして目が覚めた。足の痛みも、いくぶんマシなようだ。

前足の骨折でだるそうにしている飛月に菓子パンと水を口にさせ、洞穴でおとなしくしているようにと言い含める。そして、尚季は洞穴の周りの地面や木から、数十センチの長さの枝を集めた。それを網目状に組み合わせて、一メートル四方の大きさにする。それから、土に川の水を混ぜて泥を作り、網目の隙間を潰すように塗りたくっていく。

即席の蓋の出来上がりだ。それを洞穴の入り口に当ててみる。完全に周りの斜面に同化しているとは言いがたいが、パッと見ではここに穴があるとはわからないだろう。

尚季は自分も洞穴に入ると、内側から蓋を閉じた。外の光は蓋の隙間からポツポツと入ってくる程度で、なかはほとんど真っ暗になる。懐中電灯を点けて、飛月の横に蹲った。

薬が効いたからといって、少し無理をしすぎた。左足首が重く痛んでいる。

しかし、無理をしたのは正解だった。

昼近くになってから、あたりは騒がしくなった。自警団による野犬掃討が大々的に始まったのだ。おそらく、昨日、この近くまで飛月を追ってきた者たちが率先しているのだろう。尚季は懐中電灯を消して、緊張に強張る手を飛月の背に置いた。

何度か、洞穴のすぐ前を人間が通り抜けていく足音が聞こえた。

野犬の悲鳴が、遠くから近くからあがる。その声に尚季の胸は激しく痛んだ。

野犬たちは確かに、各地で人や民家を襲って多大な害を為《な》している。しかし、本を糾《ただ》せば、飼い主が飽きたからといってペットを棄てたり、ブリーダーが売れなかった犬を大量に放したせいだ。

それに、野犬に襲われての人死にが問題になっているが、その大半はおそらく猟獣たちによる処刑で、国が裏で企図しているものだ。

人間と動物は格が違う。人間の利害のために動物が使役され、駆除されるのは当然のことだ——そういう人間社会の共通認識を、尚季は受け入れたくないと思う。

しかし、命の格差を受け入れたくないくせに、飛月を助けるために、野犬たちを見殺しにしている自分がいた……。

ようやっと自警団は去ったらしい。自然の深い静けさがあたりに広がっていた。尚季は用心深く、洞穴の口を塞いでいる蓋をずらした。目映《まばゆ》いほどの月光が差し込んでくる。

飛月も三本の足でよたよたと歩いてきた。洞穴から出て、並んで土のうえに腰を下ろす。

空気を吸い込むけれども、それはどこか血なまぐささを孕んでいるようで、軽い吐き気が起こった。

尚季は穴のなかからペットボトルを持ってきて、掌を器にして飛月に水を飲ませた。自分でも喉を鳴らして飲む。隠れているあいだは極度の緊張状態で、尚季も飛月も水の一滴も口にしていなかったのだ。

「水なくなったから、ちょっと汲んでくる」

言いながら立ち上がると、飛月もついてこようとした。

「飛月はそこで待ってて。すぐに戻ってくるよ」

小川はすぐ傍だけれども、道に傾斜があるから右前足がまったく使えず、左後ろ足も万全ではない飛月にはきついはずだ。


これから先、どうなっていくのか、見当もつかない。

でも今日、カモフラージュの蓋を造って飛月を守れたことは、自信に繋がった。非力でも、物知らずでも、強い想いをもって必死に考えれば、打開策を探せるものなのだ。

少なくとも、諦めずに頭と身体を働かせつづければ、この生活はすぐに終わりを迎えるだろう。

ペットボトルを小川の水で満たしてキャップをすると、尚季は両手で清冽《せいれつ》な水を掬った。それを自分の顔に叩きつける。何度も掬い、顔を清めていく。

と、ふいにバシャバシャという水音がすぐ傍でたった。濡れた顔を上げた尚季は、幅三メートル弱の小川を渡ってこようとするドーベルマンを見つけて、目を見開く。驚いて立ち上がると、背後で唸り声がした。そこにも秋田犬《あきたけん》らしき中型犬がいた。肩口のところから出血しているのは、昼に自警団に傷つけられたものか。

　気がつけば、尚季を囲むように七匹の野犬が姿を現していた。

　どの犬も鼻の頭に獰猛な皺を寄せて、唸り声をあげている。

　彼らにとって、尚季は自警団と同じ人間なのだ。自分たちを狩り、いたぶり、殺す、敵。彼らの憤りはいま、尚季という「人間」へと凝縮されていた。

　背後に、三匹。川のなかに一匹。対岸に三匹。

　かえって犬を刺激してしまうから、走って逃げてはいけない。それと、目をじかに見るのも、犬の攻撃性を高めさせてしまうから避けるべきだ。視線を宙へとずらし、尚季は静かな動きで一、五キロ分の水が入ったペットボトルを摑んだ。

　叫べば飛月は飛んできてくれるだろう。けれど、深手を負っている飛月が、この凶暴化している七匹を相手にするのは困難だ。

　――人間のやったことの皺寄せを、これ以上、飛月に被せられない。

　視界に入っている四匹だけでなく、背後の三匹の気配も拾おうと努める。

　犬たちがじりじりと輪を縮める。

　初めに飛びかかってきたのは、川のなかのドーベルマンだった。尚季はペットボトルの口の部分を両手で握ると、それを思いきり振った。鼻先を強打されたドーベルマンがギャウ…ッと声をあげて水のなかに横転した。左後ろから鋭い唸り声がする。振り返ったときにはすでに、雑種らしい中型犬が肘に咬みついていた。ペットボトルで殴るけれども、牙がいっそう食い込んでくる。そうしているうちに、右の脹脛にも激痛を覚えた。

　バシャバシャと川を渡ってきた犬が飛びかかってくるのを避けようとして、尚季はバランスを崩した。激しく水飛沫をたてながら川へと倒れ込む。水位はそう深くないけれども、完全に倒れると、顔がすっかり沈んでしまう。水の向こうの月光に照らされる世界、始めのドーベルマンの姿がゆらりと見えた。牙を剥き出して、尚季の喉元を狙ってくる……。

これで終わりなのかと震えた次の瞬間。ドーベルマンの姿が視界からフッと消えた。

激しい唸り声と咆哮《ほうこう》が入り混じって聞こえてくる。尚季は水のなかから跳ね起きた。

「っ、飛月っ!!」

小川の向こう岸に、ドーベルマンの首筋に牙を深々と突きたてた飛月の姿があった。

野犬たちは、ターゲットを尚季から、獣の身で人間の味方をする裏切り者へと変更していた。引き締まった大きな狼の身体へと、犬たちが飛びかかっていく。凄《すさ》まじい牙の応酬と、交叉するいくつもの獣の身体。尚季の目には、なにがどうなっているのかよくわからない。

ただ、野犬たちを尚季から引き離すために、飛月が森のなかへと少しずつ移動しているのはわかる。使えない右前足のせいでバランスを崩したのだろう。黒い狼の身体がドウッと地に転がる。野犬たちがそれに飛びかかった。

「やめろっ!!」

尚季はペットボトルを握りなおして岸に上がり、足を引きずりながら走った。そして飛月の脇腹に齧りついている犬の背骨を叩き折らんばかりの力でペットボトルを振り下ろす。

一匹の犬が腿に咬みついてきた。もう一匹がペットボトルに牙を立ててくる。犬に地面に引き倒される。大切な武器のペットボトルが軽くなっていく。開けられた穴から水がどくどくと溢れていた。

尚季の危機に、飛月が咬みついている三匹の犬を引きずって、近づいてこようとする。しかし、無事な左前足に咬みつかれて、ふたたび地に沈む。

助けに行こうとすると、腿に刺さっている牙がいっそう深くなった。

「……やだ、やめてくれっ！　頼むから――飛月は助けて…」

鋭い牙も強靭《きょうじん》な肉体も持たない人の身が、情けない。口惜しい。

言葉など、なんの役にも立たない。それでも叫ばずにはいられない。

「俺を殺していいからっ、飛月だけは助けてくれよぉっ!!」

心の底からの絶叫が、夜の森に響き……無慈悲に呑み込まれていく。

風が血の匂いを運んでくる。飛月の血の匂いだ。

「いや……だ。嫌だ」

脚の肉を抉り取られてもいいから、飛月へと這っていこうとしたときだった。

「ォォオオ…ン」

空気を揺るがす咆哮。

尚季は思わず、その鳴き声のしたほうを振り返った。小川の向こう岸の崖のうえに、新たな二匹の大きな犬の姿があった。絶望感が胸を擂り潰す。

――もう、ダメだ。

目から涙がだくだくと溢れる。歪む視界のなか、尚季は空っぽになった軽いペットボトルを棄て、脚に齧りついている犬を引きずったまま飛月の元へと向かった。

死ぬのなら、飛月を抱いていたい。

新たに現れた二匹の犬たちが力強い疾走で崖を駆け下り、小川を渡ってくる。その足音はすぐ背後まで迫っていた。背後から項を嚙み砕かれれば、それまでだ。

……しかし二匹は、尚季の横を弾丸のように駆け抜けていった。そして飛月へと飛びかかっていく。

「ぁ、あ、あああああっ!!」

魂が千切られる痛みに、尚季は固く目を閉ざして絶叫した。

ギャウン…ギャンッ…激しい鳴き声が鼓膜を抉る。

一分もたたないうちに、あたりは静けさに包まれた。いつの間にか、尚季の腿を咬んでいた犬はいなくなっていた。

震える瞼を上げ——しばらく、なにがどうなっているのか理解するのに時間がかかった。

倒れている飛月を挟んで、二匹の獣がすっくりと四肢で立っている。他の野犬たちの姿は消えていた。

「飛月…?」

おそるおそる名を呼ぶと、黒い立派な尻尾がばさりと振られた。生きている。悦びが胸の奥底から噴き上げてくる。

尚季は改めて、あとから現れた二匹の犬を見た。

片方は大きな体軀《たいく》をした白銀色。もう片方は少し小柄で焦げ茶色の毛をしている。じっと見つめているうちに、あることに気づく。

——目……犬の目じゃない。

金色に輝く虹彩。狼の目だ。

と、焦げ茶色の狼のほうが地に伏した。その身体が小刻みに震えだす。激痛を堪えるかのような唸り声が大気を振動させた。尚季の見開いた目に映る獣のシルエットが、かたちを変えていく。

「………あー、きっついんだよね、これ。毛がなくなると、寒いし」

掠れた少年の声。焦げ茶色の狼だったものは、蹲っていた身体を解いて、上半身を起こした。

やや吊《つ》りぎみのつぶらな目をした、愛らしい顔立ちの少年が裸体でそこにいた。彼の乱れた焦げ茶色の髪を、月光が照らしている。

猟獣が、狼から人へ、人から狼へと形態を変えるのは知っていたが、それを実際に目にするのは初めてのことだった。

「……睦月、睦月だったんだ。それじゃあ、その白いほうは」

「ものすごく綺麗だろ。月貴」

睦月が白銀色の狼にうっとりとした眼差しを向ける。

月貴と睦月が、駆けつけてくれたのだ。尚季は全身から力が抜けそうな安堵に包まれる。うつ伏せになったままだった身を起こして、礼を言う。

「飛月を助けにきてくれて、ありがとう」

けれども睦月は、眉をひょいと上げると、小首を傾げた。

「飛月を助けにきたわけじゃないけど？　前にも言ったよね。猟獣が完全に狼になっちゃったら、処分するって」

思わぬ答えに、尚季の目は凍てつく。

「飛月が『堕ちた』かどうか確認が取れてないから、とりあえず回収しにきたわけ。ああ、でもしばらく一緒にいたんなら、尚季はもう答えを知ってる？それなら手っ取り早いんだけど」

「……手っ取り早い？」

「堕ちたのなら、この場で処分する」

「処分て――まさか」

尚季の震える声に、睦月の声が被さってくる。

「ちょうど弱ってるみたいだしね。いまなら僕でも殺れる」

間違いない。そういう意味なのだ。

尚季は飛月の元へと這い寄った。

飛月に覆い被さるようにして、白銀の狼と睦月とを睨みつける。

「仲間じゃ、なかったのか？　飛月は同じ施設で育った仲間なんだろっ。なのに、どうしてそんな酷いこと…」

「仲間だからだよ」

睦月の眼差しが鋭くなる。

「役目を終えた猟獣は処分される。僕だって月貴だって、いつかそうなる。例外はない。だからせめて、親しい者が自分の牙で終わりを与えるんだ」

「そんな……」

一度は去ったと思った悪夢が、ふたたび舞い降りてきていた。

「で、飛月はどうなのさ？　堕ちたの？」

「………」

答えられるわけがない。答えたら、いまこの場で殺されてしまう。

しかし、堕ちたことを告げずにいまを凌《しの》げたところで、回収されれば、近いうちに飛月は処分されてしまうだろう。しかも、引き離されたまま、自分の知らないうちに。

しばしの沈黙ののち、睦月が確認してくる。

「飛月は、堕ちたんだ？」

尚季は咄嗟に嘘をついた。

「違う。今朝だって、ちゃんと人間になってた。堕ちてない！」

「そう？　まぁ、連れて帰って、三日もすればわかることだけど」

──どうしよう。どうすればいい……俺は、どうしたい？　飛月は、どうされたい？

「じゃあ、飛月を回収していくよ。堕ちてないなら、構わないよね」

睦月の言葉に、尚季は身を強張らせて、首を横に振った。

「時間を……」

「え？」

「少しのあいだだけ、俺と飛月とふたりきりにしてほしい」

「……。いいけど、逃げるとかなら無駄だよ。匂いですぐに捜し出せるから」

「逃げない」

「ふーん。まぁ、いいや。でも早くしてくれないと、このままじゃ僕が凍えちゃう。獣になったり人間になったりするのってすごく負担がかかるから、あんまり頻繁にしたくないんだよね」

尚季は自分たちが過ごした洞穴の場所を教え、そこで待っていてくれるように頼んだ。


睦月と月貴が去り、臥している飛月とふたりきりになる。

青褪めた月明かりが、枝のあいだからほろほろと降りそそいでいた。

飛月の身体は無惨なまでに傷だらけだった。あちらこちらの肉が抉れて、出血している。尚季はそっと狼の右脇腹に触れた。そこには八年前に車に轢かれたときに縫合された痕《あと》が刻まれている。

「飛月」

やわらかな土のうえに蹲り、尚季は飛月の顔を覗き込んだ。

「飛月とまた出逢えてよかった。俺のところに、またきてくれて、ありがとう……二カ月ちょっとだったけど、一緒に暮らせて、すごく嬉しかったよ」

そして、八年前に仔犬だと思って拾ったクロタがいなくなったとき、自分がどんなに悲しかったかを話して聞かせた。人間のかたちの飛月に再会して、初めはどんなふうに戸惑ったのか。それから、どんなふうに大切になっていったかを告白した。

静かに耳を傾けていた飛月が、そろりと頬を舐めてきた。

それで、自分が泣いていることに気づく。

「ごめんな、飛月」

乱れる呼吸と一緒に、嗚咽を繰り返し呑み込む。苦しみで肺も胃もいっぱいになっていく。

「俺、俺が大人だったら……力があったら、もっと違う答えが、出せたかもしれない、のに」

揺るぎない目が間近でじっと見つめてくる。

たぶん、尚季が考えていることを、すでに飛月はわかっている。

だからこれは、確認なのだ。尚季は掠れる声で告げた。

「俺が飛月を殺すよ」

身勝手だと、わかっている。

それでもどうしても嫌なのだ。自分の大切なものが、また他人の手にかかることも、自分の知らないところで絶命することも、耐えられない。

それならいっそ、この手で、自分の目の前で、最期を迎えさせたい。

――俺も、すぐに追いつくから……寂しい想いはさせないから。

飛月が、微笑むように琥珀色の目を細めた。

そして鼻先を首筋に埋めてきた。温かい吐息。尚季は睫を深く伏せて、首筋を伸ばした。濡れた大きな舌が薄い皮膚を舐めだす。

「ん……飛月――好きだよ」

終わりを背中に感じて、切羽詰まった熱が身体の芯を熟《う》ませていた。

舐めても舐めても足りないように、重い身体が圧し掛かってくる。尚季は求められるまま仰向けになり、首を晒した。今日は目を閉じなかった。月に照らされる美しい獣の姿を網膜に焼きつける。

飛月が使える左前足で尚季の服の胸元を引っ掻いてきた。

最後に望むようにしてあげたくて――自分もそうしたくて、尚季はハーフコートのボタンを外した。そして下のニットセーターとシャツの裾を捲り上げる。冬の夜の外気が触れて、胸が冷たさに痛くなる。

しかしそれも一瞬だった。すぐに、胸に熱い舌が這いまわりはじめる。凝った胸の粒をざらりと削《そ》ぐように舐められると、腰が跳ねた。

「ぁ……きもち、い」

自分からも求める仕種、飛月の項の毛に指を這い込ませて、左胸の粒を蕩けるほど舐めてもらう。

胸で生まれた甘い疼きは全身に拡がり、明確な欲望へと育っていく。その欲望は重くて深くて、尚季は淡い腹筋を戦慄かせる。

重なっている飛月の身体が少しずつ下にずれだしていた。鳩尾や腹部の緊張を舐めほぐされる。自然、飛月の身体を脚のあいだに入れるかたちで膝を大きく開いてしまっていた。

ジーンズ越しに、苦しく膨らんでいる器官を舐められる。

「あっ、ぁ――んっん…っ」

激しくそこを舌で嬲りながら、飛月が身体を横にずらして、尚季の右脚に跨る体勢になる。せつなげに鼻を鳴らしながら腰を動かしだす。脛に擦りつけられている器官の猛々しさに、尚季の頬はカァッと熱を持つ。

人外のものと性的なことをするのに、罪にも似た違和感を覚える。けれども同時にそれが、危うい快楽を桁外《けたはず》れに膨らませているのも、また事実だった。

尚季は両手を伸ばして、獣の頭を掌で挟んだ。

「飛月」

呼べば、濡れ濡れとした琥珀色の眸が見つめ返してくる。

……これが最後なのだ。間違った行為だと誰に咎められても構わないと思えた。

尚季は囁くように訊ねる。

「飛月、したい？」

飛月がなにを訊かれたか理解できなかったように小首を傾げる。だから、赤面しながらわかりやすく言いなおした。

「俺とセックス――交尾、したい？」

短い啼き声で答えるより先に、狼の尻尾は歓喜に振りまわされていた。

尚季は微笑《ほほえ》むと、飛月の下からそっと身体を抜いた。上着を脱ぎ、シャツを首から抜く。膝立ちしてジーンズと下着を腰から下ろした。

思えば、外で全裸になるなど初めてのことだった。いつも衣類という膜に守られ隔てられていた。その膜を失うと、産毛のような体毛しかない貧弱な身体は体温調節もままならない。

凍え死にしかねないと思い――死ぬことの心配はしなくていいんだったと、少しおかしいような気持ちになる。

ぺたりと土のうえに座ると、臀部に朽ちかけた落ち葉と土の湿り気が沁み込んでくる。

尚季の膝のうえに、飛月がそっと顎を載せた。鼻先が性器へと寄せられる。大きな赤い舌が露になり、濡れ勃つ茎を舐めはじめる。熱い舌に叩くように舐められると、屹立が根元から小刻みに揺れた。

「ん――んっ」

そこがとろとろに濡れそぼり、痛いほど熱く、硬くなっていく。

「っ、飛月――ぁあ…!」

眩暈がするほどの体感に、尚季は飛月を包むように身を丸めた。獣の温かな匂いが鼻腔を満たす。

昂ぶる欲に腿を開いてしまうと、茎の下の膨らみをたぷたぷと舐められた。湿った鼻先で奥の狭間を擦られる。

朦朧となりながら、脚を大きく崩して腰を捩ると、腿のあいだに獣の顔がすっぽりと入り込む。あられもない舌使いに会陰部を熱く蕩かされ、尚季は膝や足先をヒクつかせた。肩をきつく竦めながら、尚季は腿のあいだで蠢く獣の頭を、そのピンと尖った耳を見る。

いっそう深く、臀部の奥まで舌が這い込む。

「ぁ――」

尚季は後ろ手についた腕を突っ張り、思わず逃げるように腰を宙に浮かせた。

後孔の蕾を舐めまわされる。飛月とのたび重なる性交によって、そこはすっかり弄られる快楽を覚え込んでしまっていた。細かな襞《ひだ》をぐずぐずに乱され、窄《すぼ》まりばかりか、体内の奥のほうまでもが喘《あえ》ぎだす。

舐めるだけでは飽き足りないらしい。飛月は興奮に唸り声をあげながら、尚季の内腿にときおり鋭い牙をめり込ませてきた。その痛みすらも快楽を乗算させるばかりで、熟れた先端からじゅくりじゅくりと透明な蜜が溢れていく。

腕から力が抜け、仰向けに倒れた身体がくうっと反り返った。

「ぁ、出、る……も、ぁ、ぁあ――ん」

蕾を舌で強くくじられた瞬間、尚季は達してしまっていた。紅潮した裸身に、白濁が散っていく。


「ふ、ぅ…」

苦しく息をしながら、尚季は朦朧としたまま獣の伏せている下腹へと手を伸ばした。

その器官を握ってみて、背筋に戦慄《せんりつ》を覚える。人のものとは形態も大きさも違う。

握られるのが心地よいらしく、飛月が胴を捩るようにして下半身を横倒しにする。

尚季の目に、獣の雄の器官が剥き出しで晒される。先端には段差がなく、なめらかな形状だ。異種のものだけれども、グロテスクだとは感じなかった。むしろ自分を求めてこんなになってくれているのが、嬉しい。

尚季は腰を曲げて、それへと顔を寄せた。

ぐっしょりと濡れたその先端に、そろりと口付ける。そのまま、舌を出して、ちろちろと舐めた。舌を獣の透明な体液が大量に伝っていく。顎が濡れ、顎から大地へと滴る。

大きすぎて口にはほんの頭のほうしか入らなかったけれども、懸命にそれを貪《むさぼ》った。口と手のなかで幹が悦びに打ち震える。

フェラチオに没頭していると、腿の外側を飛月に甘噛みされた。

「……、……なに？」

性器から濡れそぼった唇を外す。

導かれるままに、尚季は火照る身体をうつ伏せにした。尻朶を軽く噛まれて、引き上げられる。濡れそぼった双丘の狭間を晒す姿勢、腰だけを高く上げさせられた。

それが獣の交尾の体位だと気づいて、尚季は湿った土に火照る頬をぎゅっと押しつける。人として一線を越えてしまう禁忌《タブー》を犯す怖さと、これで飛月と同じところに行けるのだという昂揚感が鬩《せめ》ぎ合う。

飛月の前足が重く背にかけられる。双丘の底に濡れたものが何度か押しつけられ、切っ先が蕾にぴたりと重ねられる。

「あっ」

思わず締めてしまった後孔へと、ぬっとそれが入ってきた。先端に大きな張りがないため、結合の最初はひどくなめらかだった。蕾が自然に拡張されていく。

けれどもその分、異様に長くて太い幹は尚季を苦しめた。

「ぅ…く…んんっ」

芯に骨があるものの表面はいくぶんやわらかい器官を、ズ…ズ…と押し込まれる。

「おなか…くるし、い――」

腹部の皮膚まで伸びきるような感覚。臍を通り越して、さらに奥までペニスが侵入してくる。

「……ふ、っく」

すべてを収められた直後に、その異変は起こった。尚季は思わず自分の下腹を片手で押さえた。

大量の体液を流し込まれている。同時に、蕾からすぐの浅い場所に異様な膨張感を覚えた。

「え？　ぃた……や、ぁぁ、あーっ」

あまりの苦しさに、尚季は地を這って逃げようとしたが、狼のそれの根元に生じた瘤《こぶ》のせいで抜くことができない。無理に抜けば、蕾が破れてしまうだろう。

いまになって、犬の陰茎に結合が外れないための仕組みがあることが、犬の射精は結合と同時に始まって延々と続くことが思い出されていた。おそらく、狼も同じなのだろう。

戦慄く尚季の背や項を、飛月が労わるように舐めては甘噛みする。しかし、本能を自制することはできないらしい。大きな抜き挿しができない分、人間ではあり得ない小刻みな腰使いで、内壁を捏ねはじめる。

苦しい。苦しくてたまらないのに、内壁を埋めつくすようにぎゅうっと満たされて震わされて、身体が内側から煮え滾る。獣の速すぎる律動に、尚季の萎れた性器は波打つように振りまわされ、次第にまた芯を持っていく。

体内に浴びせられつづけている精液が、結合部分のわずかな隙間から溢れ、内腿を伝う。

朽ちかけた葉と土を、尚季は熱く痙攣する手指で摑む。硬直して震える性器の先から先走りとも精液ともわからない蜜が飛び散り、地に蒔かれていく。

自分を犯す獣――愛しい恋人が歓喜に尾を振りまわしているのを起こる風に知る。

とてもつらくて、怖いほど気持ちよくて、嬉しくて、胸も身体もいっぱいいっぱいになる。

人間と獣の性交の濡れ音が、風や小川、闇に潜む生き物たちのたてるかすかな音に織り込まれ、深い森へと呑み込まれていく。

「ぁ、ぁ、ぁ、ぁ、ぁ――……」

細切れの声、尚季は人間の言葉を忘れて啼いた。

結合の行為は三十分ほども続いた。蕾のすぐ内側を圧していた瘤が小さくなると、繋がった場所から大量の粘液が零れだす。

身体中を紅潮させた尚季は、肩甲骨を戦慄かせて真っ白い息を継ぐ。

熱くなった獣の身体がずしりと背に載っていた。終わったのだ。

頭がおかしくなりそうな快楽の震えは、いつしか嗚咽の震えへと変わっていた。

この熱が冷めないうちに、実行しよう。

飛月を、殺そう。

尚季は涙の止まらない目で飛月を見返った。黒い鼻先が伸びてきて、頰を伝う涙を優しく舐めてくれる。舐められるごと、心を掻き乱している嵐が宥められていく。

シンと……心のなかが静まる。

かすかに風が吹いていた。それが裸の木々の細い枝先にまとわりつき、ささやかな音を生む。

「飛月」

尚季は泣き笑いを浮かべた。

「愛してる」

飛月が尻尾を振る。

たぶん、自分に縊《くび》り殺される最中も、飛月はこんなふうに最期まで尻尾を振っているのだろう。

「……っ」

魂が捩じ切られる痛みが、肉体的な痛みとなって襲ってくる。

せっかくこうして同じ時間のなかにいるのに、自分の手で潰《つい》えさせなければならないほど、自分も飛月も悪いことをしたのだろうか？

尚季は下肢を繋げたまま、身を捩って飛月へと顔を寄せた。

――誰か……

黒い狼の口に唇を押しつける。

失いたくない。

――誰か、お願いだからっ。

飛月が仔犬みたいに甘える鼻声をたてた。

……ずっと昔に、どんなささいな願い事すらもしなくなった、高みにある存在を思い出す。もう期待して裏切られるのは嫌だから、二度と惨めに縋るまいと誓ったのだけれども。

揺り潰された魂が涙となって、目から滴る。

「……ま」

飛月に唇を重ねたまま、固く目を閉ざす。そして、か細い声で乞《こ》うた。

「神様、助けて」

＊　＊　＊

それはまるで、獣の肉体に魂を封じていた雁字搦めの鎖を、誰かの優しい手でほどかれたような感覚だった。

飛月は鼻先を尚季の項に押しつけた。

二度と起こることがないと諦めた肉体の変容が始まる。

骨肉が歪む激痛すら、いまは奇蹟の悦びだった。

「ひづき？　どうし…」

土に伏している少年の身体を、きつくきつく抱き締める――抱き締める腕が、獣のものから、なめらかな皮膚をした人間のものへと変わっていく。

尚季にも、もうわかるはずだ。

重なり合っているのは、人の肌。まだ繋がっている場所を拡げる楔も、人間のそれになっている。

そっと結合を解くと、脚のあいだを獣の体液に塗れさせたまま尚季が身を捩る。腕のなかで仰向けになった少年は、起こった奇蹟に、ピカピカした茶色い眸を小刻みに震わせていた。すっとした鼻の頭は真っ赤になっている。

「飛月――ほんとに？」

尚季の両手が、顔を、身体を、まさぐってくる。右腕は骨折しているし、身体中、野犬に食い千切られてボロボロの血だらけだったけれども、尚季に触れられると、痛みも和らぐようだった。

「……ありがとう、尚季」

尚季は、自分にとって唯一無二の神だ。もうダメだと諦めに堕ちていこうとするとき、かならず現れて、救ってくれる。

八年前、ほんの二週間の蜜月のあいだに、尚季は愛するということを飛月の心に種蒔いた。その種を育て、いつか花開かせることだけを夢見て生きてきた。

それで正しかったのだと。

泣きじゃくる少年の唇を貪りながら、飛月は人の魂で涙を流した。

10

洞穴に戻ると、睦月は裸の身体を白銀の狼に包まれるようにしていた。人型の飛月を見て、焦げ茶色の目をしばたたく。

「なんだ、まだ堕ちてなかったんだ？」

意外そうに言い、けれど少しホッとしたような顔をした。

「まぁ、それはそれでよかったけど」

左足を引きずっている尚季と、満身創痍《まんしんそうい》の飛月を交互に眺める。

「キャンプ場のとこにワゴン車置いてきたんだよね。そんなボロボロで、二キロも山道歩ける？」

「ちょっと無理だと思う」

「仕方ないなぁ。じゃあ外で待ってるから、どうしても必要なものだけ持って洞穴から出てきてよ。あ、一グラムでも軽くね」

そう口を尖らせて言うと、睦月は月貴とともに外へと去った。

飛月が服を着て身支度するあいだに、尚季は必要なものだけをバックパックに収める。といっても、一グラムでも軽くと言われたから、包丁も懐中電灯もタオルなども置いていくことにした。

飛月も財布と携帯電話だけをカーゴパンツのポケットに入れる。

そうして洞穴から出ると、外には二匹の狼がいた。焦げ茶色の狼のほうが、ちょっと偉そうに短く啼く。

「背中に乗れって言ってる」

飛月が言う。

――それで、一グラムでも軽くって言ったのか。

尚季は慌ててバックパックのなかから財布と家の鍵、携帯電話を抜くと、袋は洞穴の奥へと置いた。

月貴は飛月を背に、睦月は尚季を背に乗せ、森の夜道を走った。睦月も月貴も、しなやかで力強くて、とても美しい。森に満ちる夜気を、獣の速度で身に受ける。それは身も心も自然に溶けて、清浄に洗い流されていくかのような感覚だった。

キャンプ場近くまで着くと、背から降ろされる。月貴と睦月は太い木の陰へとすっと入っていった。どうやらそこに服を置いていたらしい。しばらくすると、こんな大自然が不似合いなほど洗練された白人青年と美少年が姿を現す。

ワゴン車に乗り込むと、月貴の運転で車が走りだす。

「……ラブラブなの、見せつけてるわけ？」

助手席のシートの背凭れに顎を乗せた睦月が、じろじろと後部座席の尚季と飛月を眺める。そう言われても仕方ない。飛月は尚季の膝枕で眠りこけていた。そして尚季は、膝のうえの黒髪を撫でる手を止められない。

この短い期間のあいだに、以前はなかった白いものがボツボツと飛月の髪に混じっていた。心身の過労によるものだろう。

これが、その場凌ぎの安寧だとわかっている。このまま猟獣としての仕事を続けたら——いや、あと一度でも獣化したら、飛月は今度こそ人間に戻れなくなる可能性が高い。

「俺は、飛月といたい。飛月に猟獣の仕事をやめさせたい」

尚季が真摯《しんし》な眼差しを向けると、睦月はふざけた色を消して運転席へと視線を向ける。

「猟獣が仕事をやめたあとに生きてるなんて、聞いたことない。だよね、月貴」

「初めの猟獣が堕ちて引退したとき、実験体として富士の研究所に引き取られたらしいけれどね」

「え、そんなことあったんだ」

「でも、そこで暴れて、研究員数人を咬み殺してしまったそうだ。それ以来、成体の猟獣はかならず処分すると決められたらしい」

尚季は強い声で主張した。

「でも、俺と飛月の関係は特別だ。絶対に飛月に人間を襲わせたりしない」

「バッカじゃないの」

振り返る睦月の鼻の頭に、狼のような皺が寄る。

「そんな責任もとれないこと、簡単に言うなよ」

「簡単になんて言ってない。それができないなら、飛月を殺して、俺も死ぬ」

「――口でなら、どうとでも言えるよ」

「本当だ。もし飛月が人間に戻らなかったら、さっき、そうしてた」

尚季の静かな芯のある声に、睦月が目を見開く。月貴もバックミラー越しに尚季へと緑青色の眸を向けた。

「四日前にここに来たとき、飛月はもう人間に戻れなくなってたんだ。だから、他の誰かの手にかけさせるぐらいなら、俺の手で終わりにしようとした。飛月もそれを受け入れるつもりだった」

「……」

「今回は奇蹟的に人間に戻れたけど、次はもう無理かもしれない。だから飛月を俺が引き取るために、いま、できないこともして頑張らないとダメなんだ」

睦月は視線を伏せて、尚季の膝に頭を載せた飛月の寝顔を見つめた。その唇がふっと緩んだ。

「仔犬みたい――飛月が誰かに甘えてるとこなんて、初めて見た」

月貴がゆるやかな声で言う。

「飛月は本当は、優しくて甘ったれなんだ。そんな自分を殺してまでアルファになって自分の夢を叶えた飛月を、俺は尊敬しているよ」

自分のところにきてくれるために、飛月は心にも身体にも幾多の傷を刻み、困難を乗り越えたのだ。

それに報いたい。そのためには、自分が強くならなければならない。

「お願いしたいことがあります」

尚季は強い真剣な声で、睦月と月貴に告げた。

「このまま俺を施設に連れて行ってください。猟獣の責任者に会いたいんです」

「……まさか、直接交渉でもするつもりとか？」

「飛月と一緒にいるには、それしかないから」

「っ、バカすぎ。一般人のガキが、国絡みのプロジェクトに口を出せるわけないだろ」

車が減速し、路肩に寄って停まった。

月貴はシートベルトを外して運転席のシートを少し倒すと、尚季を見返る。

「本気で言ってるのかい？」

「本気です」

「一般人が猟獣のことを知っているとなったら、下手をしたら生きて施設の外に出られないかもしれないよ」

尚季は唇をくっと嚙み締めて、頷いた。

「それでも構いません。……ガキだからとか、金も力もないとか、持ってないものを『できない理由』にしてる余裕なんて、ないんです」

尚季の発する張り詰めた本気を感じ取ったものか、月貴は小さく溜め息をついてから微笑した。

「そこまでの決意があるなら、いいよ。連れて行ってあげよう」

「ありがとうございます」

そのやり取りに、睦月がフェイスラインにかかる髪を両手でぐしゃりと掻きまわす。

「あー、もう。どうなっても僕は知らないから」

「ごめん、睦月。迷惑かけて悪いと思ってる。でも、飛月を絶対に失いたくないんだ」

睦月がちょっと目の縁を赤くして視線を逸らした。

そして呟く。

「人間なんかに猟獣を受け止められるわけがないって、思ってたんだけどな」

車は南下して神奈川《かながわ》県に入った。猟獣の施設へは二時間ほどで到着した。

高い塀に敷地をぐるりと囲まれており、一見、研究所めいた無機質な建物が二棟、建っていた。

睦月と月貴は自分たちの立場が悪くなることも省みずに、管理者たちに尚季が施設内に入れるように交渉してくれた。

まったくの民間人が足を踏み入れるのは初めてということで、かなり難航したようだったけれども、一般には極秘事項である猟獣について知っている人間を無下に追い返すのも、のちのち問題を大きくする元になると判断したらしい。三十分ほどして、尚季はワゴン車から降りることを許された。

尚季は飛月とともにまず医務室に連れて行かれた。そこで足首の捻挫と野犬に咬まれた傷の手当てを受けた。飛月のほうは満身創痍で、そのまま腕の骨折の処置と傷の縫合手術を受けることになった。少しも離れたくなかったから、尚季は飛月が処置を受ける最中、横に付き添っていた。

その後、ベッドとソファセットのある簡素な宿泊用の部屋に通された。飛月はうつらうつらしていたので、すぐにベッドに横にならせた。

尚季がぐったりとソファに腰を下ろすと、月貴と睦月が向かいに座る。尚季の施設宿泊の条件として、彼らが監視することになったという。

睦月が告げてくる。

「明日の午前十一時に、話し合いの席を設けるってさ。たぶん、法務省のお役人もくるんじゃないかな。民間人が乗り込んできたのなんて初めてだから、ブリーダーの奴ら、すっごく慌ててた」

「ブリーダー?」

「猟獣を管理してる研究者たちのことだよ」

月貴が教えてくれる。彼には白銀色の狼のときもいまも、品格というべきものが自然に具《そな》わっている。

「あの……生まれたときから、ずっとここで?」

「いいや。俺たち猟獣は最低限の人間としての知識や闘い方を習得して仕事ができるようになるのに五年かかるんだ。それまでは富士の麓《ふもと》の施設で育てられる」

月貴の言葉を、睦月が投げ遣りな口調で継ぐ。

「あそこだと樹海があるから、遺伝子配合に失敗した不良品やうまく育たなかったのを棄てるのに、もってこいなわけ。人と狼の遺伝子を無理やり混ぜてるうえにガンガン品種改良するから、失敗作も多いんだよね」

それを聞いてなんとも言えない暗い気持ちになる尚季を、緑青色の眸が優しく見つめてくる。

「それにしても、堕ちかけた飛月を人間に戻したなんて、まるで魔法だね」

尚季は森でのことを思い出して、ちょっと赤面してしまう。

それで見当がついたのだろうか。月貴がストレートに、けれども辱めるためではないのがわかる口調で訊いてきた。

「飛月のことを、いっぱい可愛がってあげたんだ?」

可愛がったのか可愛がられたのか微妙だが、尚季は無言で頷く。

すると、照れている尚季を目の前にして、月貴と睦月が推察を始めた。

「ふーん。要するに、尚季とイチャつけたせいでセロトニンが大量供給されたってこと?」

「ああ。コルチゾルによる海馬の萎縮を止めたんだろう」

なにを言っているのか、さっぱりわからない。けれど、狼から人間に戻ることに関する知識は、できるだけ知っておきたかった。

「あの…コルチ、って？」

「ああ、普通は聞き慣れない単語だね」

月貴がわかりやすく教えてくれる。

猟獣の変態には脳内分泌物質が関係している。

獣化するときは、ストレス状態——獲物を狩ったり、危機的状況で保身する際になる状態だ——に出るホルモン、アドレナリンが分泌される。

逆に、狼から人間に戻るときには、セロトニンという脳内分泌物質が情報網シナプスを伝って、受容体《レセプター》に届けられ、リラックス状態になる必要がある。しかし、ストレスが大きすぎるとその伝達がうまくいかず、リラックス＝人型化することができなくなる。

また、過度のストレス状態では、血中にコルチゾルというストレスホルモンが多くなり、それには脳の海馬という部分を萎縮させる働きがある。

海馬が萎縮すると、感情障害や記憶障害が起こるようになり、終には猟獣の変態に必要な脳内分泌物質の自己制御が不可能になる。そしてさらには、海馬が死滅していき、記憶までも失われてしまう。

「そういう状態に陥ってしまったときに有効なのは、愛情なんだよ。ロマンチックな意味だけじゃなく、物理的に作用があるんだ。心の籠もった言葉や慈しみの眼差し、身体の接触。それが脳細胞の死滅を防ぎ、リラックス状態を連れてきてくれる。そして、ふたたび海馬の細胞を増やしてくれるんだ」

「……それじゃあ、飛月が人間に戻れたのは」

睦月がからかうように言う。

「だから、尚季が過剰に愛してあげたからなんじゃないの？、って話」

華やかな甘い微笑で、月貴が付け加えた。

「それが魔法の正体だよ」

明日は猟獣プロジェクトの責任者たちと対峙しなければならない。

尚季は部屋に備えつけられているシャワールームを使った。髪まで洗ってすっきりして、用意されたガウンを羽織って出ていくと、ソファのうえにずらりと服が並べられていた。

「睦月と体格が同じぐらいだから、好きなのを選ぶといいよ。お偉いさんと話しをつけるのに、ラフすぎる格好はまずいだろう」

月貴のアドバイスを受けながら、明日の服として、白いシャツとダークグレイの細身のスーツを選んだ。制服のブレザーとズボンと大して変わらないかと思ったが、試着してみると、意外と大人っぽいデザインだった。

「尚季って、全っ然色気が足りてないの。服に着られまくってる」

睦月に呆れ声で指摘された。

飛月の生死を賭《と》した話し合いを控えて、本当なら緊張でガチガチになっていておかしくないところだったが、月貴と睦月が押しつけがましくない感じに尚季を構い、気持ちをほぐしてくれた。月貴は八年、睦月はもっと短い年月しか生きていないなど嘘みたいだ。

狼の遺伝子によって心身が早く成熟するせいもあるのだろうが、もしかすると自身の終わりを見据えて生きているせいなのかもしれない。

眠気が訪れて目をしばしばさせていると、月貴たちが飛月の眠るベッドのすぐ横に簡易ベッドをセットしてくれた。

「俺たちは見張りだからここのソファで寝るけど、ベッドでイチャつくなよ」

そう睦月に釘を刺された。

部屋の電気が絞られた間接照明だけになってしば

らくしてから、飛月は目を覚ましたようだった。もぞもぞと尚季のほうに寄ってくる。

「尚季」

小声で飛月が話しかけてくる。

「明日の話し合い、俺も同席するからな」

尚季は飛月のほうへと身体を横倒しにした。

「うん……飛月と一緒じゃなきゃ、家に帰らない」

飛月が薄闇《うすやみ》のなか、胸が蕩けるような笑顔をくれる。

「ああ。一緒に帰ろう」

「飛月…」

睦月に怒られてしまうと思いながらも、惹《ひ》かれるのを止められない。

熱くなっている唇を、重ね合った。


額がくすぐったくて、尚季は目を覚ました。

「尚季、そろそろ起きろ」

「――ん」

額を撫でられながら目を細める。

飛月はすでに身支度を終えていた。黒のスーツにダークグレイのシャツ、青灰色のネクタイを合わせている。スーツの右袖は抜いてあり、肩にかけてある。右腕は首から三角巾《さんかくきん》で吊るされている。

尚季は起き上がりながら、そっと飛月の右手に触れた。

「痛い？」

「別に。このぐらい慣れてるから平気だ」

飛月はこんな負傷が当たり前の生活を送ってきたのだ。

――でも、それも今日までだ。

決して、殺伐とした日々に飛月を戻したりしない。

今日これから持たれる話し合いの席で、全力を尽くして飛月を解放することを改めて心に誓う。

午前十時五十分。尚季は髪をきちんと梳り、睦月から借りたスーツを身に纏い、飛月とともに部屋を出た。

月貴と睦月も通路に出て見送ってくれる。

「じゃあ、行ってきます」

ふたりに言って隣の棟の最上階にあるという会議室に向かおうとすると、睦月に肘を引っ張られた。

「もし……もしなんかあったら、叫びなよ。僕たちの耳なら聞き取れるから」

つっけんどんな言い方だけれども、心配してくれているのが伝わってくる。

「うん。ありがとう」

飛月と並んで歩きだす。

いよいよだと思うと、さすがに身体の芯に緊張の震えが起こった。

と、負傷していないほうの左腕で、飛月が肩を抱いてくれた。震えが治まり、逆に強い芯が心と背中に生まれる。

尚季は茶色い双眸に、決意の光を載せた。


会議室では、すでに白衣の施設長とブリーダー二名、法務省の役人が雁首《がんくび》揃えて待っていた。

「猟獣は、その特殊性から非公開の存在となっている」

尚季が猟獣の製造や任務までかなり詳しく知っていることに、法務省の役人はのっぺりとした細面を強張らせていた。

会議室の口の字型に並べられたデスク、相手方は窓を背にしてずらりとアームチェアに腰掛けている。対して、飛月と尚季は向かいに用意された二脚のパイプ椅子に座っていた。いかにも高圧的に尋問されている図式だ。

「すべては国家の治安維持のためであり、事実、猟獣の使用によって凶悪犯罪の増加を食い止めることができている。しかも、更生の余地のない犯罪者を絶やすことは、劣悪な遺伝子を摘むことにもなる。未来における犯罪の連鎖を断ち切るという副次的効果も具えているわけだ」

役人が薄い唇の端で馬鹿にする笑みを浮かべる。

「高校生には、少し難しすぎる話かな？」

そんな見え透いた煽《あお》りに乗るつもりはない。尚季は腹に力を籠めて、落ち着いた声で返した。

「理解してます。人間が自分たちの問題の尻拭《しりぬぐ》いをさせるために、猟獣という生き物を作り出し、利用しているという話ですよね」

不機嫌な顔で口角を下げた役人の横、白衣のブリーダーが口を開いた。

「人間は鋭い爪も牙も持たない代わりに、道具を創作することによって生きやすい環境を整えてきた。猟獣もその一環にすぎない」

「猟獣は道具じゃない。生き物だ」

「まぁまぁ。子供らしい潔癖さだね」

黙ってやり取りを聞いていた小太りの施設長が、子供に言い聞かせる口調で言う。

「大人は必要悪というものを、暗黙の了解にして生きているものなのだよ」

その言葉に、横の飛月はひどく刺激されたらしい。パイプ椅子から立ち上がる。

「高校生だの子供だのって、まともに話し合う気はねぇのかよっ！」

「――そんなにすぐ激昂《げっこう》するようでは、君もそろそろ限界なのかね」

尚季は飛月のスーツの裾を引っ張った。飛月が激しく舌打ちして乱暴に椅子に座る。

「奥多摩のほうにひとりで潜伏していた理由を聞かせてもらおうか、飛月」

「この仕事に嫌気がさしただけだ」

「アルファになって、人間と同等になれたとでも勘違いしたのかね？」

飛月の目に、金色の光が走った。

これ以上、興奮させてはいけない。尚季は拳でテーブルを叩いて、自分へと注意を向けさせた。

「俺は、飛月は人間と同等に扱われるべき存在だと思ってます……飛月は充分に人間社会のために尽くした。もう解放されてもいいはずだ。俺が彼を引き取ります」

向かいの席の四人がそれぞれに嘲笑《ちょうしょう》を浮かべた。

施設長から目配せされたブリーダーが席を立った。いったん会議室を出ていき、ほどなくして戻ってくる。ひとりの新たな人物を連れて――尚季は目を見開き、思わず席から腰を浮かせた。

「先生……与野、先生？」

間違いない。獣医の与野だ。

「どうして、ここに？」

混乱しながら呟くと、飛月が低い声で耳打ちしてきた。

「あいつは、研究員として猟獣プロジェクトに咬んでたことがあるらしい。八年前、俺を尚季の家から連れ出したのは、あいつだったんだ」

「え――」

告げられて、十年ほど前に与野が国立大学の研究室にいたことを思い出す。そこを辞めて、町の獣医になったのだ。

――与野先生が、猟獣プロジェクトに携わった研究員のひとりだった？

尚季が呆然としているうちに、与野が向こうサイドの席につく。

「由原尚季くん、座りたまえ。君と与野くんは知り合いだそうだね」

頷くと、施設長は与野に水を向けた。

「与野くん、この純心な少年は、本当の猟獣の恐ろしさというものをまったく理解していないのだよ。ぜひとも、あの日のことを話してやってくれ。優秀な研究者だった君がプロジェクトから去ることになった、あの惨事を」

与野は頷くと、飛月に冷ややかな視線を投げてから、尚季を見た。

「猟獣も半分は人間で、人とそう変わらない存在だ——尚季くんは、そんなふうに考えているんじゃないかい？」

訊かれて、尚季ははっきりと頷く。

眼鏡の向こうで、一重の目が歪んだ。

「私にもそんな考えに囚われていたころがあった」

自嘲の表情。

「その考えがいかに間違っているか、私は取り返しのつかないかたちで思い知った。いまから十年前、私は富士の研究所で猟獣プロジェクトに携わっていた」

平板な声で、与野は語った。

当時、初代の猟獣三頭が任務についていた。しかし、まだプロジェクトの初期段階であったため半人半狼の心身は不安定要素が多く、また生後二年の幼獣を現場に出したのも悪かったのだろう。実用から半年たったころ、そのうちの一頭が早くも狼の姿から戻れなくなってしまった。堕ちたのだ。

手塩にかけて育てた猟獣に、研究員たちはそれなりの愛情を感じていたため、堕ちた猟獣を処分せずに研究所で飼うことにした。

「それが間違いだった」

与野の声に、暗い波紋が拡がる。

「数カ月後、その猟獣は人間だったころの記憶を完全に失った。そして、研究員たちに——私たちに牙を剥いたんだ。私は腕の肉を大量に嚙み千切られ、目の前で同僚たちが喉笛《のどぶえ》を喰い千切られるのを見た……七名いた研究員のうち、三名が死亡した」

与野は硬い動作でジャケットを脱ぐと、ワイシャツの左腕を捲った。

年中長袖を着ている与野の腕をじかに見るのは初めてのことだった。肘の下あたりの肉がぼこりとへこんでいる。それは年月を経ても陰惨なありさまで、与野の肉体ばかりでなく精神までもが抉られたことを、なまなましく教えてきた。

この研究所にくる途中、引退した猟獣によって研究員たちが殺された話を月貴がしていたが、その生き残りこそが与野だったのだ。

「……与野先生は、それで研究をやめたんですか」

掠れ声になりながら呟くと、与野は傷から尚季へと目を上げた。狂おしい光を浮かべている。

「私は、猟獣の存在そのものを憎み、否定している。神の領域に踏み込んだ罰を、私はこの目で見たんだ」

その発言は、尚季よりむしろ向こうサイドの人間の気持ちを刺激したようだった。

「与野くんは、この件になると冷静さを欠くようだね」

施設長は目配せで、ブリーダーのひとりに与野を退席させるように促した。

腕を摑まれ、立ち上がらされながら、与野は喚《わめ》いた。

「間違うな！　猟獣は、人間ではない。まったく異質な呪われた存在だ。猟獣を人であるように勘違いさせてはいけないし、人間も勘違いしてはいけないっ」

与野が連れ出されてから、しばしの沈黙ののち、施設長は咳払いをした。

「わかっただろう。君の飛月に対する想いは間違っておる。飛月を置いて、君は早々にここを立ち去り、すべてを忘れなさい」

確かに、他の誰でもない当事者としての与野の証言には、苦悩の分だけの説得力があった。

でも、それに流されるわけにはいかない。

与野は与野の人生のなかで体験し、感じ取ったことを信じるだろう。

けれど自分にも、自分と飛月との関わりのなかで感じ取ってきたものがある。そして、自分はそれを信じる。

尚季はまっすぐ施設長を見返した。

「飛月を忘れることも、置いていくことも、俺はできません」

「——それでは君、どうするつもりかね」

「狩野飛月の面倒は、俺が見ます」

「君はいまの与野くんの話を聞いていなかったのかね。猟獣はそのうち狼になったままになる。そうして時間とともに、すべての恩義も忘れて人間を襲う」

「わかってます」

尚季は鮮明な声で告げた。

「もし飛月が堕ちたら、その時は、記憶をなくす前に俺がこの手で処分します」

「猟獣を、君の細腕でどうやって殺すというんだね。敵《かな》うはずがなかろう」

「飛月はきちんと殺されてくれます。俺になら」

「馬鹿馬鹿しい」と呟く施設長の声に、飛月の声が重なった。

「俺は、堕ちたら、速やかに由原尚季の手にかかる。そう決めてる」

偽りの響きは微塵もない宣誓だった。

向こうサイドに呆れとわずかな動揺が起こる。こんな正面からの交渉だけで有利に持ち込めるほど甘くはないだろう。さらなるひと押しが必要だ。

尚季は落ち着いた声で持ちかけた。

「さっき、猟獣の存在は必要悪だって言いましたね。必要悪が世間では暗黙の了解で、問題にならないというのなら、インターネットで世界中に猟獣のことを配信しても、大した問題にはならないわけですよね？」

向こう側の四人が忙しなく視線を交わし合う。

「……子供の戯言《たわごと》など、誰も本気にはしまい」

頬の筋をピクピクさせている法務省の役人を、尚季はまっすぐ見た。

「ネットでなら、年齢も職業もいくらでも嘘をつけます。猟獣施設に勤めているブリーダーの内部告発とでもしたら、興味を持つ人も出てくるんじゃないですか？　野犬に殺された人たちの多くが凶悪犯罪の前歴者だという事実は、調べれば誰にでもすぐにわかることだし」

もし猟獣のことが明らかになれば、日本国内どころか、世界的な人権問題になるだろう。

ヒトゲノムが完全に読み解かれた現在でも、人間の遺伝子を用いた生体実験が禁じられているのが実状だ。特にキリスト教圏の国々では、神の領域を冒すことへの拒絶反応が強い。

役人が焦れた様子、デスクの黒い天板を拳で叩いた。

「いくら欲しい？　金額を言いたまえ」

「金なんていりません。言っているとおり、狩野飛月を猟獣の仕事から引退させて、俺と暮らさせてほしいだけです」

猟獣プロジェクト関係者は、いったん退席した。別室で審議をしているのだろう。

飛月ががたりと椅子を寄せてきた。

「尚季。いざとなったら、死んでも尚季のことだけは守るからな。ブリーダーたちは職業病で、人ひとりの命ぐらいどうとでもできると思ってる。ただ法務省の役人は免疫がないから、そういう処置は望まないかもしれないが」

「役人さん次第、か……でも、覚悟はできてるから。

飛月と一緒がいい」

　ここを生きて一緒に出るか。あるいは、一緒に終わりになるか。

　どちらでも後悔はしない。

「なぁ、尚季」

　飛月が訊いてくる。

「俺のしてきたこと、どう思う？」

「どうって？」

「俺は、たくさんの人間を殺してきた。仕事だっていうのもあるけど――俺は本当に自分勝手な願いのために、人を殺してきたんだ」

　重くて痛々しい声音だ。

「それを尚季に知られるのが怖かった。尚季を傷つけるんじゃないかと思って、怖くて、逃げ出した」

　自分勝手な願いというのはおそらく、由原尚季というどこにでもいるような少年と一緒に過ごしたくて、という意味なのだろう。

　尚季はそっと飛月の腿に右手を置き、曇っている黒い眸を覗き込んだ。

「俺は、飛月と出逢えて、再会できて、本当によかったと思ってるよ」

「でも――でも、俺のやってきたことは、人間の倫理観ではやっぱり許されないことだよな？　俺は人間じゃないから、そこのところがよくわからなくて」

　考え考え、尚季はゆっくりとした口調で答える。

「人間だって、全然大したものじゃないって、俺は思うよ。追い詰められたり、情けないことになったら、残酷なことだってする。遊びや気持ちよさのために、人や犬を殺す奴らもいる。もし…もしも、人間の倫理観っていうのがきちんとしたものだったら、こんなふうに犯罪が増えたりしない」

　尚季は二の腕を飛月の腕にひたりとくっつけた。

「もし人間が猟獣の立場に置かれたら、同じように仕事をこなすようになるんじゃないかな。そんななかで、生きるための夢を持つのは、いけないことじゃないよ」

飛月の温かな体温がじんわりと服越しに伝わり、染み込んでくる。

自然と、唇が動いた。

「………ごめん」

「なんで尚季が謝るんだ？」

言葉を苦しく搾り出す。

「人間は自分たちで解決しなきゃいけないことを、君たちに押しつけてきたんだ。本当に、ごめん」

「尚季…」

接している飛月の身体が震えた。見上げれば、双眸が水を帯びていく。

深い溜め息に溶かし込むように、飛月が呟く。

「――誰かに謝られたいと思ったことなんて、なかったんだけどな」

彼の涙を、尚季は優しく優しく指先で拭った。


運命の扉が開く。

部屋に入ってきたのは、施設長ひとりだけだった。彼はその年齢のわりに妙に色艶《いろつや》のいい手に、一枚の紙を持っていた。

紙とボールペン、朱肉が、飛月と尚季の前に置かれる。

「その書類に目を通して、署名して拇印《ぼいん》を押すように。ふたりともだ」

「あの、飛月はどういうことに？」

尚季が緊張した声で訊ねると、

「それを読めばわかる」

そう苦い口調で言い置いて、施設長は部屋を出ていった。

「なに、これ――誓約書？」

尚季は紙を手に取り、飛月にも見えるように宙に

据える。

そこにはいくつかの項目が印字されていた。

ふたりともしばらく無言で視線だけを慌ただしく動かしていたが。

「……よかった」

尚季は震える溜め息とともに呟いた。

書類の内容は大まかに纏めれば、飛月を猟獣として廃棄すること、アルファの一連の特別権利の剝奪、猟獣に関する一切の情報漏洩《ろうえい》の禁止についてだった。

書類の下のところには、ふたり分の署名捺印《なついん》欄がある。

「これに署名すれば、尚季とずっと一緒にいられるんだな」

飛月が言うのに、尚季は胸をいっぱいにしながら深く頷く。

奇蹟を勝ち取ったのだ。

先に飛月が負傷していない左手でぎこちなく名前を書き込み、親指の指紋を紙に捺《お》す。

「ほら、尚季も」

誓約書が尚季の前へと置かれる。

「狩野飛月」という名前は、いびつながらもしっかりと紙に刻みつけられている。

尚季もその下に、一画一画はっきりと「由原尚季」と名前を記した。そして、親指を朱肉で濡らし、捺印する。

誓約書を改めて眺めて、飛月が深い深い溜め息をついた。

そして、呟く。

「これで俺は、尚季だけのものになれるんだな」

ずっと一緒にいられる誓いの署名。

まるで……尚季は飛月に笑い顔を向けた。

「この婚姻届、早く出しちゃって、家に帰ろう」

エピローグ

二月の朝、飛月と同じベッドで目覚める。あまりに寒くて布団のなかでもぞもぞしていると、飛月が圧し掛かってきた。そこでちょっとしたタイムロスをしてしまい、慌ただしく学校に行く支度をする羽目になる。朝食の厚切りトーストを牛乳で流し込んで「いってきます！」と家を出る。シゲルと同じバスに駆け込み乗車。最近のシゲルは初めてのカノジョができて、その話ばかりだ。午前の授業中には抜き打ちテストがあって、ちょっと傷心のまま購買のおにぎりで昼食をすませ、午後の授業では少しうとうとしてしまう。

終業のベルが鳴り、シゲルはウキウキとデートに向かい、尚季は図書委員の当番仕事を終えてから、帰りのバスに乗る。

昨日も今日も、今日も明日も、ほとんど変わらずに繰り返されていきそうな、つつがない日常。

その当たり前さの重みを、バスが乱暴に道を曲がった遠心力によろけながら、嚙み締める。

バスは国道の渋滞に巻き込まれてのろのろと進んでいき、ようやっと家の近くのバス停留所に辿り着く。タラップを降りて歩道に降り立つと、頰を斬るような冷たい風が吹き抜けた。首に巻いたマフラーで口許まで隠すようにして歩道を歩いていく。

――雪、降るかな。

地球温暖化の影響なのか、去年も雪は少なかったけれども、今年などまだ一度も降っていない。

でも、こんなふうに神経にまで障る寒さの日には雪が降ることを、十七年間の体験から身体は知っている。

雪の予感に鼠色《ねずみいろ》がかった夕空を見上げた尚季は、そのまま思わず微笑んだ。

そして、考える間もなく走りだす。水色の歩道橋の階段を一段抜かしに駆け上がる。なんだか犬にでもなった気分になりながら、階段を上りきったところで九〇度方向転換して、空中通路へと進む。

橋のまんなか、ごく自然な動作で男の腕に抱き寄せられた。

飛月の右腕の骨折はもうすっかりよくなっている。こんなに毎日一緒にいるのに、ちょっとドキドキしてしまいながら、尚季は男の腕からするりと身をかわす。一応、ご近所の目というものがあるのだ。

「仕事、もう上がったんだ？　おつかれさま」

欄干に両肘をつきながら言うと、飛月も真似《まね》をして欄干に肘を乗せた。

「バイト代出たら、尚季に買ってやりたいものがあるんだ」

「へぇ。なんだろ。楽しみ」

飛月はいま、近所のコンビニエンスストアでバイトをしている。これだけの鮮やかな外見だからちょっと浮いているけれども、獣化してしまったときに、すぐに家に帰りつける距離のところで勤める必要があった。それに、人間社会への適応第一歩としても、コンビニのバイトは丁度よかった。

……誓約書を書いた数日後、施設長から一通の書留が届いた。

なかには、幾通かの書類と銀行の通帳や判子が入っていた。飛月名義で銀行口座が開設してあり、退職金という名目で三百万円が振り込まれていた。実質は、口止め料といったところだろう。

書類のほうには、怪我もしくは死亡の際に訪ねる指定病院が記されていた。飛月の遺伝子や血液は通常の人間のものと違うため、一般の病院を使った場合、大騒ぎになりかねないからだ。

医者といえば、与野は例の猟獣施設での会合の直後、病院を畳み、この街から姿を消した。彼にとって、距離を置きながらも成長を見守ってきた尚季が憎むべき猟獣と暮らしているのを目にするのは、耐えがたいことだったのかもしれない。

八年前、自分から黒い仔犬を奪ったのが与野だったという事実は、彼が数少ない信頼できる相手だっただけに、とてもショックだった。

しかし、与野が獣医としていかに心ある人なのかは、尚季自身がよく知っている……彼がまたどこかの街で獣医をして、人間の家族であるペットたちを助けてくれていたらいいのにと心から思う。

猟獣施設サイドからの意外なほどいいアフターケアは、不本意な解放であったにせよ、丸投げして、なんらかのトラブルから猟獣という存在が明るみに出ては厄介だと判断したためだったのだろう。

向こうの思惑はどうあれ、お陰で飛月の骨折も順調に直り、こうしてバイトを始めて人間としての一歩を踏み出せたのだから、尚季としては文句はない。


「そういえば今日、バイト中に睦月がきて、休憩時間にちょっと喋った」

「元気にしてた？」

「月貴がアルファになってから、女遊びが激しくなったって愚痴ってたな。前から睦月が密告しないのをいいことに隠れてあっちこっちの人間の女に手ぇ出してたのが、いまじゃ公認だからな。可哀想に、睦月の奴、げっそりしてた」

前々からちょっと気になっていたことを、尚季は訊いてみる。

「もしかして、睦月って、月貴さんのこと好きだとか？」

飛月の横顔に苦笑が浮かぶ。

「ああ。月貴が堕ちたら、自分の牙で終わりを迎えさせようと心に決めてるぐらいにな」

勝ち気で口の悪い少年の胸のうちを思い、尚季は睫を深く伏せた。

飛月はいま、人間として暮らしている。

けれど、猟獣プロジェクトはこうしているあいだにも新たな猟獣を改良し、生産している。

これからも猟獣たちは人間の罪の尻拭いをさせられ、堕ちた猟獣たちは処分されていく定めにある。

それに憤りを感じているのに、自分は飛月のことだけでいっぱいいっぱいだ。

尚季の気持ちを読み取ったのだろうか。

「なぁ、尚季」

飛月が抑制の効いた声で言う。

「俺はこういうふうに生まれたお陰で尚季と出逢えて一緒になれたから、もういまは猟獣として生を受けたことを恨んでない。でも、いつか猟獣って存在がなくなればいいと思う」

「……うん」

尚季は飛月が見ている空を見上げた。

「そのためになにかできるような、強い人間になりたいよ」

心から滲み出た未来に対する想いに、偽りはないのだけれども。

鼠色の膜のような雲の向こう、今日の太陽がひそやかに落ちていこうとしていた。


まるで軟体動物になってしまったかのように、立てている背筋が定まらない。

尚季はさっきからしきりに背を丸めたり腰を捩ったりして、深すぎる体感に耐えられる姿勢を探していた。けれどもその試みを無下にして、下から入り込んだ楔が臍の奥を小刻みに抉ってくる。

「ぁ…、や——動いたら」

まだ男の大きさに慣れきっていない場所を大きく揺さぶられて、尚季は上体を撓《しな》らせ、飛月のしっかりした胸元に火照った掌をついた。

仰向けに横になったまま、飛月は尚季の痴態をにやつきながら眺めている。

「これ――嫌、なのに」

「これって？」

「……だから、騎乗…位――んっ」

飛月が骨折していた期間、この体位でばかりしていた。恥ずかしくて嫌だけれども、これが一番飛月の腕に負担をかけないから仕方なくしていたのに、飛月は尚季がみっともなく腰を振る姿がすっかり気に入ってしまったらしい。

肩をきつく竦めて息を乱していると、大きな手が胸に這い込んできた。筋肉も脂肪もうっすらとしかついていないけれども、ちょうど胸を寄せるような姿勢になっているせいで、ほんの少しだけやわらかみが生まれているらしい。

乳首の周囲をふにょふにょと揉まれると、異様な恥ずかしさを覚えた。

「なかが波打ってて、気持ちよすぎ」

男を食《は》むように蠕動《ぜんどう》する内壁が熱い。その熱が、明確な昂ぶりへと変わっていく。

「尚季もイイんだな、ぬるぬるにして」

濡れはじめた屹立を大きな手指の筒で握られ、ちょっと乱暴に扱かれると、尚季はもうたまらなくなって自分から腰を動かしてしまう。

シーツについていた両膝を飛月の手で立てさせられる。完全に男の腰に臀部を乗せるかたちになる。もうすっかり根元まで入っているのに、飛月がさらに挿れたいみたいに腰を忙しなく押し上げてくる。

「や――……まで、入っちゃ、う」

言葉を濁しながらも尚季は抗議する。

逞しい幹の付け根にある膨らみまで押し込まれそうで……狼になっていたときの飛月との交わりを、なまなましく思い出してしまう。蕾の内側を圧した、巨大な瘤。忙しない獣の腰使い。

「っ、キツすぎるっ。急に締めて、どうしたんだ？」

「なん、でも……ん、ふっ、ぁ、あ、ぁっ」

記憶のなかの感覚を辿るように、いつしかひどく小刻みに腰を使ってしまっていた。飛月が快楽の呻きを漏らす。

尚季はそのまま、飛月に覆い被さるように上体を伏せた。

張りのある肌に刻まれた無数の傷。そのひとつひとつに唇を押しつけ、舐め、吸っていく。

切羽詰まった欲望が高まったらしく、飛月はふいに尚季の薄い腰を摑むと、暴れるように下から揺さぶりをかけてきた。

下腹の茎の先端から、白濁混じりの液が糸を引きながら散る。

「んっ、ぁ、ぁ、溶けそ…」

腫れた唇がむずむずする。尚季は唇を擦り合わせようと飛月の顔を覗き込み――その目に金色の光が流れるのを見る。

セックスのたびに、飛月のなかの相克を見る。人と獣が争っている。

これまでのことから見て、おそらくセックスによる本能の刺激で完全に獣化まですることはない。むしろ、尚季に受け入れてもらえると実感できるこの行為は、飛月に安寧をもたらしているようだ。

……しかし、人として社会で生きる選択をした以上、ストレスは除去できない。

危ういバランスのなかで、飛月は毎日毎日を過ごしているのだ。

次に獣化してしまったとき、もう一度「魔法」が効くとは限らない。

今日は昨日のようであっても、明日も今日のようだとは限らない。それが自分たちの現実だった。

「尚季――」

飛月が慌ただしく身を起こしたから、尚季は危う

く背中から倒れそうになる。

その尚季を両腕に抱き込んで、飛月は座位で激しい抽送に耽《ふけ》った。

尚季もまた飛月の首に腕を巻きつけて、体内を爛《ただ》れさせる快楽に酔う。

飛月の絶頂の戦慄きを、触れ合う肌から、繋がった場所から、感じる。

「………ん、んっ、飛月の、……出てる…」

内壁に生殖の熱い迸《ほとばし》りをかけられていく感触に恍惚とする。

ふたりとも呼吸もまともにできないまま、互いの唇を貪った。

少し唇を離して、深い吐息を混ぜ合う。

世界はとても静かだった。

その静けさのなか、熟れた肉体の芯に、一筋の冷たさが錐のように差し込んできた。冷気は、カーテンに閉ざされた窓から寄せてきていた。

飛月に繋がれたまま、尚季はカーテンへと手を伸ばす。研磨された氷みたいに冷えきったガラス窓をからりと開ける。鼻が痛くなる寒さ。

「あ…」

闇空から、ちらりちらりと落ちてくる無数の白いもの。

今年、最初の――そしてもしかすると最後の雪だ。

ほわりと白い溜め息をついて、尚季は飛月へと視線を戻した。

「飛月、あのさ」

「ん？」

「バイト代が出たら、俺に買ってくれるものって、なに？」

自分たちの明日は、今日のようだとは限らない。

明日には、人としての言葉を交わせなくなっているかもしれない。

だから、いつも、いまこの時に訊いておこう。

鎮まった黒い眸がちょっと照れくさそうに細められた。

「ダブルベッドだ。ずっと尚季と一緒に眠れるように」

「……ダブルベッド」

口のなかでなぞると、ひとつとひとつのベッドが溶けて、大きなひとつのベッドになる様子が思い浮かんだ。

別《わか》たれることのない、寝床。

この愛しい存在と、ずっと一緒にいられる場所。

生も死も、添い遂げるための。

「いいな、それ。すごく欲しい。飛月、寝相悪いし?」

浮き浮きとした声でからかうと、飛月が笑いながらキスしてくる。


ゆるい風に流されて舞い込んできたひとひらの雪が、尚季の肩にへばりついた。

それはキラキラとした結晶を見せつけたのちに、儚《はかな》くかたちを失う。

涙のようなひと雫が、裸の腕をそっと流れ落ちていった。

了

あとがき

こんにちは。沙野風結子です。リンクスロマンスさんでは初めてのノベルズとなります。

鶴の恩返し狼バージョン（攻）を書こうとしたら、恩返しというより、恩の押し売り居座り旦那になってました。受と攻、双方向からの視点で話が進んでいきますが、特に楽しく書いた攻のぐるぐる熱愛ぶりが伝わってくれると嬉しいなぁと思います。

飛月は、やってることは発情期狼そのものでも、心はピュアで前のめりなチビ狼です。それもそれで、性質が悪い気もしますが…。月貴や与野に吹き込まれたことを鵜呑みにして、間違った知識をいろいろと蓄積してそうです。

とりあえず尚季には、正しい人魚姫の話を飛月に読み聞かせてやってほしいです。


実は、今回のテーマである○姦が実現するには長い道のりがありました。異様に○姦を書きたい波が初めて訪れたのは、二年ほども前のこと。お仕事先に何度かプロットを出してアタックしたものの、商業ではハードルが高めらしくて実現ならず、諦めモードになっていたところをリンクスさんが拾ってくださったのでした。

いろんな角度から細やかにチェックして丁寧なアドバイスをくださった担当様、出版社の方々、本当にありがとうございます。
そして、イラストをつけてくださった実相寺紫子先生。以前、小説リンクスのSSでご一緒させていただいたとき、品と華のある絵もさることながら、すごく丁寧なお仕事ぶりに衝撃を受けました。今回もキャララフからして細やかで、私の頭のなかにいた飛月や尚季をバージョンアップして鮮やかにかたちにしていただけて、感動しています。……それなのに妙なシーンまで描いていただいてしまって、ものすごく嬉しいのと申し訳ないのがごちゃ混ぜの状態です。

最後になりましたが、この本を手にとってくださった皆様に、大きな感謝を。
この本での自分クエストは、○姦が苦手な方にでも許容していただける○姦を書くことでした。そこの部分をもし受け入れて、さらに楽しんでいただけたりなどしたら、もう本当に嬉しいのですが…緊張です。

ところで、4Pもあとがきを書けない私は、ショートストーリーでP数合わせをすることにいたしました。ので、このあとがきのあとに、なぜか月貴と睦月の小話が続いたりします。もしよかったら、読んでやってくださいね。

◇◆◇

いつか来る約束の日

四角い窓枠のかたちに切り抜かれた夜のなかを、雪が次から次へと滑り落ちていく。

この冬、初めての雪だ。

睦月《むつき》はそれを、施設の簡素なベッドにぐったりと横たわって眺めていた。部屋の向こう側の壁にくっつけて置かれているベッドの主は、いまだ帰らない。

今日も、どこかの人間の女のところに入り浸っているのだろう。

……冬の初めに、猟獣たちのトップである〈アルファ〉の代替わりがあった。

先代アルファの飛月《ひづき》は廃棄という名目で、人間の少年のもとに貰《もら》われていった。そして、ずっと睦月とペアを組んで仕事をしてきた月貴《つきたか》が、新しいアルファとなった。

アルファには、自由と交尾の特権が与えられる。女好きの月貴は当然のように、その特権を行使しまくっている。

その癖、彼は緑青色の眸《ひとみ》に甘やかな笑みを湛《たた》えて衒《てら》いもなく言うのだ。

『睦月、君が好きだよ』

そう言われてしまえば、惚れている弱みで、拗《す》ねて邪険にしようと思っても、意地を張りきれなくなってしまう。

月貴は資質に恵まれた、優秀な猟獣だ。そして、人のときも狼のときも色素が薄くて、とても美しい。

睦月はまだ富士《ふじ》の裾野《すその》の猟獣研究施設にいた幼獣のころから、月貴に夢中だった。月貴が性欲解消のパートナーに自分を選んでくれたとき、嬉《うれ》しかった。とはいえ、初めて関係を持ったとき、月貴より三年遅れで生まれた睦月はまだ生後一年足らずで、なにをされているのかも、なにをさせられているのかも、よくわからなかったのだけれども。

人間同士の姿で、狼同士の姿で、ときには人間と狼という異種の姿で、月貴と睦《むつ》んだ。

睦み終わった褥《しとね》、茶色い髪を撫《な》でられて心地よくなっているさなか、月貴が独り言のように呟《つぶや》く。

『可愛《かわい》いね、女の子みたいに可愛い』

――わかってたのにな……女の子の代わりだって、ちゃんとわかってたのに。

月貴が自分を気に入っているのは、顎《あご》のほっそりした輪郭だとか、黒目勝ちな大きな目だとか、膨らみのある唇だとか、小柄な身体だとかの、女の子的な部分なのだ。

そして、その部分はいまや、なんの価値もない。月貴はアルファになって交尾の権利を得てしまったのだから、代用品など必要ないのだ。

「僕はホントに、バッカじゃないの」

乱暴に声を出して言ってみる。

猟獣が成体になるのには、五年かかる。仕事に出してもらえるのは、通常、その後からだ。けれど睦月は三歳違いの月貴が富士の研究施設を離れてから、必死でトーナメントを勝ち抜いてランクSを保ち、皆が嫌がる生体実験も進んで引き受けた。そうやって点数稼ぎをして、特例として生後四年で現場に出たのだった。月貴は睦月を仕事のパートナーにしてくれた。

月貴がアルファになるまでの一年半のあいだ、一緒にいられて幸せだったけれども、つらかった。月貴が女の子たちのところに交尾しにいくためのアリバイを作り、彼が女の子のところから帰ってくるまで、人間の町でぶらぶらと時間を潰《つぶ》し……。

「報われないなぁ」

同じ報われない仲間だと思っていた飛月のことを思う。

一途《いちず》に想いつづけた人間の少年からの愛を手に入れて、飛月は「人間」になった。

――僕は、人間にはなれなくていいから。月貴だけでいいから。どうか、お願いだから

……

誰に祈っているのかもわからないまま、睦月は涙を瞼《まぶた》で封じ込めた。

ギシリと、寝台が啼《な》いた。

「ん…」

いつの間にか、眠ってしまったらしい。月貴の匂いがする。夜風と雪の匂いもする。今日も朝帰りだけはしないでくれたのだとわかって、ホッとする。アルファは無断外泊も自由だったが、月貴は一度もそれはしていなかった。

掛け布団のうえに横になっていたから、睦月の身体は芯《しん》まで冷えてしまっていた。その冷たい身体に、温かなものが圧し掛かる。

――月貴……

こんな密着だけで、いまだにドキドキする。頬が熱くなる。でも、今日こそはちゃんと、自分だって傷つくんだと示すために、徹底的に無視しようと思う。

それで、寝たふりをしていたのだけれども。

パジャマの衿《えり》から伸びる首筋を、べろりと舐《な》められた。大きくて平べったい舌の感触――睦月は目をパッと開いた。

自分のうえに乗っているのは、たしかに月貴だった。ピンと立ったかたちのいい耳、琥《こ》珀《はく》色の眸をして、白銀の被毛に覆われた、狼の姿の。

「ど、どうしたのさ、月貴」

肉体変容は消耗が激しいから、基本的には仕事のときにしか行わない。それなのに、なぜ、月貴が狼化しているのか。

――まさか、堕ちた？

心臓がどくりと跳ねる。

いや、でも月貴には人格の乱れも見られないし、そんな兆候はなかったはずだ。とはいえ、猟獣はそもそも不安定な存在なのだから、急に戻れなくなることも、あり得るのかもしれない。

「つきた……んっ」

唇を舐められる。横倒しになっていた睦月の身体が大きな獣の前足に肩を押されて仰向《あおむ》けになる。腿《もも》のあいだに、なにかが入ってきた。熱くて、巨大な、獣の――。

口に、大きな舌の一部を咥えさせられる。パジャマの内腿が月貴の零《こぼ》す大量の蜜《みつ》でぐしょ濡れになる。腿に感じる摩擦。

「んん――ふ、ぅ」

幼いころから教え込まれたとおり、睦月は腿をぎゅっと閉ざして、ペニスを挟み込んでいた。腿の内側が擦《こす》られて熱くなっていく。まるで犯されるみたいに揺さぶられて、睦月は両腕を獣の首に巻きつけた。被毛に指を突っ込む。

唇から舌が抜かれて、顎を耳を首筋を、胸を舐めまわされる。パジャマの胸元が濡れそぼり、ぷつんと尖《とが》った粒が浮き立つ。粒をこそげ落とすように舐め叩かれる。

睦月の雄の器官はすっかり腫《は》れて、下着のなかでピクピクと跳ねた。腿に挟んでいるものが、入り込む角度を変えてくる。先端が会陰部にぶつかる。

「あっ…あっ、月貴、月貴」

甘い波紋が突かれる場所から拡がる。

臀部《でんぶ》の薄い肉のあいだに先端がもぐり込んできて布越しに蕾《つぼみ》を抉《くじ》るのに、睦月は恐怖と誘惑を覚えた。

その部分を月貴に舐められたり指でいじられたりすることはよくあった。けれども、定期健診のチェックで肛門性交を行ったことがバレると厳罰に処せられることを気遣って、月貴はいつも小指だけしか入れなかった。

「う…、う」

――このまま……挿れられたい、っ。

睦月はふたりの体液でとろとろに濡れそぼったパジャマの脚を開いた。後孔を激しく打たれる。

「あっ、あっ、も、もう――ぁあ!!」

布越しとはいえ、そこに熱液を止《と》め処《ど》なくかけられて、睦月もまた熟《う》んだ熱を溢《あふ》れさせた……。

ベッドが小刻みに揺れる。獣のかたちが崩れていく。白銀の毛が溶けて、なめらかな白い肌が造られていく。やわらかな癖のある金色の髪の下で煌く、緑青色の双眸。綺麗に二重の入った目が、微笑《ほほえ》む。

「可愛かったよ、睦月」

「…っ」

睦月は上体を跳ね起こすと、枕を摑んで月貴に思いきりぶつけた。

「ふざけるなよっ！」

「睦月？」

「お、堕ちたのかと思ったじゃないかっ！　なんなんだよっ…なに、仕事でもないのに狼になってんだよ――消耗、するのに……僕は月貴が変容する回数を一回でも減らさせようって、思って、いつも…それなのに…」

月貴が長くてしなやかな腕を伸ばしてくる。抱き締められる。強く抱き締められても、今日は懐柔されるつもりはない。

「知らないよ。もう、月貴のことなんか、知らない。嫌いだ」

「そんなに…泣かないでくれ」

泣いてなんかいない。

「…お、女の子の、とこでも、どこでも、い、行けば？」

嗚咽《おえつ》に、声がつっかえる。目が熱い。手の甲で拭うのに、頬がすぐに濡れそぼる。

頬を、舐められる。そっと、優しく、あやすみたいに。

「ねぇ、睦月。俺はアルファになったのに、どうしてこの部屋から出て行かないんだろうね？」

「……」

「アルファは普通、仕事を単独でするのに、どうして俺はいまだに睦月とペアを組んでいるんだろう？」

「……」

「俺は、女の子が、好きだよ」

「……ぅ」

胸が裂けそうになる。息が苦しくて、涙に濡れた唇で震える息をつく。俯《うつむ》こうとするのに、月貴の手に顔を挟まれる。仰向かされる。覗《のぞ》き込まれる。

「睦月を初めて見たとき、その頃の俺はまだ実物の『女の子』を見たことがなくて、きっと睦月みたいに可愛いんだろうと思った」

でも、違う。自分は女の子ではない。女の子はもっと華奢《きゃしゃ》で、やわらかくて、可愛くて、綺麗で、神秘的なのだ。

「でも、違ったんだ」

――ほら、やっぱり。

きっといま、すごく醜い表情をしているから、見られたくない。好きな人に、こんな顔を見られたくない。

「『女の子』は代用品にしかならない」

泣くみたいに、月貴が目を細める。

「でも、代用品がないと、きっと睦月を犯してしまうから」

月貴がなにを言っているのか、理解できない。混乱する。

――代用品？　僕が？　女の子たちが？　僕を犯したくなる？

「狼の不器用な手なら、簡単に睦月の服を脱がせられない。睦月を押さえつけるのも難しい」

「僕を…？」

「俺にとって、アルファになることは、なんの意味もないことだったんだよ。猟獣を交尾の相手に選べないなら――一番したい君と、できないなら」

「…………」

どうすれば、いいのだろう。どんな顔をすればいいのだろう。笑えばいいのか、泣けばいいのか、それすらもわからない。

わからないまま、涙が出た。

「最後までして……いいのに。罰なら、受けるから」

「そんなのは俺が耐えられない。俺がどれだけ君を可愛いと思ってるか、まだわかっていないんだね」

唇を淡く啄《つい》ばまれる。

頭の芯がくらくらする。

「だって、したい…月貴と、すごく、したいよ」

間近で、月貴が困った顔をした。

その表情にすら、睦月の胸は甘く掻《か》き乱される。

ずっと、物心ついたばかりのころから胸を焦がしつづけてきたこの想いを、最後まで行き着かせてほしい。

いまが駄目だというならば……。

「月貴、約束してよ」

「ん？」

「月貴が堕ちたら、最後に僕として……僕に、月貴を全部くれよ」

月貴が一瞬、遠くを見る目をした。しかしすぐに、焦点を睦月へと結びなおす。

「約束する。睦月にあげるよ。身体も――命も」

ああ、月貴はわかってくれていたんだと思う。
自分がどうして月貴と一緒にいるのかを、わかってくれていたのだ。
だからこそ、月貴はアルファになっても自分とペアを組みつづけてくれていたのだ。
最後のときを、自分に任せてくれるために。
いつか来る約束の日の予行練習、月貴の首筋に歯を立ててみる。
月貴は睦月の頭を優しく抱いて、
「……その時が、待ち遠しいのやら、待ち遠しくないのやら、ね」
幸せそうに、そう呟いた。

◇ ◆ ◇

了

＊沙野風結子＊

風結び――＊http://kazemusubi.com

この本を読んでの
ご意見・ご感想を
お寄せ下さい。

〒151-0051
東京都渋谷区千駄ヶ谷4-9-7
(株)幻冬舎コミックス　小説リンクス編集部
「沙野風結子《さのふゆこ》先生」係／「実相寺紫子《じっそうじゆかりこ》先生」係

リンクス ロマンス

獣の妻乞い

2008年1月31日　第1刷発行
2013年7月31日　第6刷発行

著者……………沙野風結子《さのふゆこ》
発行人…………伊藤嘉彦
発行元…………株式会社　幻冬舎コミックス
〒151-0051　東京都渋谷区千駄ヶ谷4-9-7
TEL 03-5411-6434（編集）
発売元…………株式会社　幻冬舎
〒151-0051　東京都渋谷区千駄ヶ谷4-9-7
TEL 03-5411-6222（営業）
振替00120-8-767643
印刷・製本所…共同印刷株式会社
検印廃止

ISBN978-4-344-81200-0　C0293
Printed in Japan

幻冬舎コミックスホームページ　http://www.gentosha-comics.net